诺贝尔文学奖作家文集·米斯特拉尔卷

柔情

[智]加布列拉·米斯特拉尔/著
赵振江/译

Ternura

漓江出版社

图书在版编目（CIP）数据

柔情 /（智）加布列拉·米斯特拉尔(Gabriela Mistral)著；赵振江译.
— 桂林：漓江出版社，2019.8
（诺贝尔文学奖作家文集·米斯特拉尔卷）
ISBN 978-7-5407-8671-7

Ⅰ.①柔… Ⅱ.①加… ②赵… Ⅲ.①诗集－智利－现代 Ⅳ.①I784.25

中国版本图书馆CIP数据核字（2019）第081818号

ROUQING

柔 情

[智]加布列拉·米斯特拉尔 著
赵振江 译

出 版 人	刘迪才
策划编辑	张 谦
责任编辑	张 谦
助理编辑	孙精精
书籍设计	石绍康
责任监印	张 璐

出版发行　漓江出版社有限公司
社　　址　广西桂林市南环路22号
邮　　编　541002
发行电话　010-85893190　0773-2583322
传　　真　010-85890870-814　0773-2582200
邮购热线　0773-2583322
电子信箱　ljcbs@163.com
微信公众号　lijiangpress

印　　制　三河市中晟雅豪印务有限公司
开　　本　880mm×1230mm　1/32
印　　张　10.5
字　　数　251千字
版　　次　2019年8月第1版
印　　次　2019年8月第1次印刷
书　　号　ISBN 978-7-5407-8671-7
定　　价　50.00元

漓江版图书：版权所有，侵权必究
漓江版图书：如有印装问题，可随时与工厂调换

[智]加布列拉·米斯特拉尔
(Gabriela Mistral, 1889—1957)

米斯特拉尔半身像

米斯特拉尔当年就读的农村学校(现为博物馆)

米斯特拉尔(小卢西拉)和她的祖母

米斯特拉尔故居

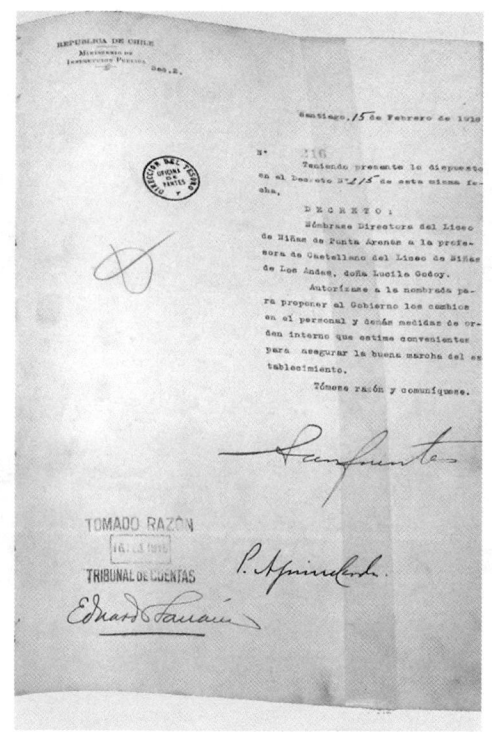

任命米斯特拉尔（卢西拉·戈多伊）为女子中学校长的批示

作家·作品

她那富于强烈感情的抒情诗歌,使她的名字成了整个拉丁美洲理想的象征。

——1945年诺贝尔文学奖授奖词

诗人用她那慈母般的手为我们酿制了饮料,使我们尝到了泥土的芬芳,使我们的心灵不再饥渴。这是来自艾尔基山谷的米斯特拉尔的心田里的泉水,它的源头永远不会枯竭。

——瑞典科学院院士雅尔玛·古尔伯格

在加布列拉·米斯特拉尔身上,有着《圣经》不可混淆的回声,这是一种令我想起几乎我们全部现代诗歌的声音。

——[墨西哥]奥克塔维奥·帕斯

她的诗歌,从不放弃高超的技巧和智慧的敏捷,又能在理智的深度发现新的空间;她的散文,从天然的泉水中涌出,好像是造化的继续,艺术与朴实并存,因而令人想起圣特莱莎。

——[墨西哥]阿丰索·雷耶斯

如果说加布列拉·米斯特拉尔为自己创造了一个世界,一个像我们在《绝望集》中所发现的如此美丽动人的世界,那么她就不仅仅是写了一本书:她窃得了神火,而且没有自焚。

——[古巴]杜尔塞·玛丽亚·洛伊纳斯

目 录 / Contents

序言

001 / 洒向人间都是爱
　　——加布列拉·米斯特拉尔的生平与创作

绝望集

003 / 倔强的女人

004 / 不育的女性

005 / 孤独的婴儿

006 / 怀念

009 / 未来

011 / 特莱莎·普拉特斯·德·萨拉泰亚

013 / 乡村女教师

016 / 圣栎树

019 / 相逢

022 / 爱是主宰

024 / 默爱

025 / 痴情

028 / 警示

031 / 天意

035 / 不寐

036 / 羞愧

038 / 歌谣

040 / 苦恼

042 / 死的十四行诗

045 / 徒劳的等待

048 / 炽爱

050 / 陶杯

052 / 祈求

056 / 儿子的诗

062 / 巴塔哥尼亚风光（2首）

066 / 云之歌

068 / 秋

071 / 山顶

073 / 星星谣

075 / 细雨

077 / 松林

081 / 伊斯特拉西瓦特尔

083 / 索尔维格之歌

柔情集

089 / 摇啊摇

090 / 露珠

092 / 发现

093 / 小羊

095 / 迷人

097 / 我不孤独

098 / 夜晚

100 / 万事都如意

102 / 沉睡

105 / 渔妇的歌

107 / 墨西哥的孩子

110 / 小花蕾

112 / 摇篮

114 / 小星

117 / 雏菊

119 / 智利的土地

121 / 一切都是"龙达"

122 / 火花的"龙达"

125 / 别长大

128 / 心事

130 / 儿子回来了

132 / 断指的小姑娘

134 / 彩虹

136 / 山

138 / 家

141 / 播种

143 / 白云

145 / 对星星的承诺

147 / 爱抚

149 / 甜蜜

151 / 小工人

153 / 春夫人

156 / 大树的赞歌

160 / 小红帽

塔拉集

167 / 神圣的记忆

169 / 财富

170 / 天堂

172 / 玫瑰

173 / 晨趣

176 / 空中的花

182 / 热带的太阳

190 / 加勒比海

193 / 拉哈的跳跃

196 / 奥索尔诺火山

199 / 乌埃木尔的四时

207 / 必呦—必呦

211 / 憧憬的国度

215 / 外国女郎

216 / 饮

219 / 我们都该是女王

224 / 咏物

228 / 节日

231 / 告别

234 / 死去姑娘们的歌

236 / 樵夫

238 / 诗人

葡萄压榨机

245 / 好心的女人

247 / 干枯的木棉

250 / 乌拉圭麦穗

252 / 泉

255 / 丧服

259 / 圣胡安之夜

262 / 一句话

264 / 你爱的歌

266 / 工人的手

269 / 织布机的主人

271 / 黎明

附录

275 / 授奖辞

281 / 获奖演说

283 / 加布列拉·米斯特拉尔生平及创作年表

292 / 主要作品集目录

后记

序 言

洒向人间都是爱
——加布列拉·米斯特拉尔的生平与创作

加布列拉·米斯特拉尔（Gabriela Mistral，1889—1957）是拉丁美洲第一位诺贝尔文学奖获得者，也是迄今为止，获此殊荣的西班牙语作家中唯一的女性。"她那富于强烈感情的抒情诗歌，使她的名字成了整个拉丁美洲理想的象征。"

值得注意的是，在智利这样一个千万左右人口的国家，却产生了两位获得诺贝尔文学奖的诗人：加布列拉·米斯特拉尔（1945）和巴勃罗·聂鲁达（1971）。无论是诗品还是人品，两位诗人都恰恰代表了智利的两种相反相成的自然品格：如果说聂鲁达宛似南方波澜壮阔的大海，米斯特拉尔则像北部巍然屹立的高山。然而在这高耸入云的大山下面，却翻腾着炽热的熔岩，正如一位评论家所说，看上去"以为她是大理石，其实却是活生生的肉体"。

米斯特拉尔生前主要发表了四部诗集：《绝望集》（1922）、《柔情集》（1924）、《塔拉集》（1938）和《葡萄压榨机》（1954）。此外，她还在报刊上发表了大量的散文作品。她死后的第二年，智利圣地亚哥太平洋出版社出版了她的第一部散文集《向智利的诉说》。1967年，在巴塞罗那又出版了她的《智利的诗》。

翻开米斯特拉尔的诗集，尤其是《绝望集》，我们很快便会发现，它并不是以语言的典雅和形象的优美令人瞩目，更不是以结构的精巧和韵律的新奇使人叫绝，而是以它那火一般的爱的激情感染着读者。这里所说的爱包括炽烈的情爱、深沉的母爱和充满人文情怀的博爱。

正是这种奔腾于字里行间的爱的激情,使她的作品在群星灿烂的拉美诗坛上发出了耀眼的光辉。

米斯特拉尔的青年时代正是拉美现代主义诗歌的晚期,"逃避主义"已为"新世界主义"所取代,但新的诗风尚未形成。米斯特拉尔与现代主义诗人们迥然不同,她的人生经历和诗歌创作是水乳交融、难分彼此的。因此,要研究她的诗作,首先要了解她的人生。

加布列拉·米斯特拉尔的原名叫卢西拉·戈多伊·阿尔卡亚加,1889年4月7日(一说为6日)生于智利北部艾尔基山谷的倒数第二个小村上。巍峨的群峰造就了诗人的品格,动听的鸟语陶冶了诗人的灵性,那"芬芳的土地"培养了诗人对大自然的热爱和对家乡的深厚感情。

对于她的血统,有人说她是西班牙巴斯克人的后裔,有人说她是迈斯蒂索人(白人与美洲土著的混血)的后裔,还有人认为她的家族有犹太人的血统。后者仅仅是根据诗人对犹太人的同情和对《圣经》的态度推断出来的,不足为凭。

米斯特拉尔的父亲名叫赫罗尼莫·戈多伊·维亚努埃瓦,曾是小学教师,但他生性好动,像个"吉卜赛人的国王",能够弹着吉他像行吟诗人一样即席演唱。在女儿三岁的时候,他离开了家乡。诗人曾回忆说:"由于他总是不在,我对他的记忆可说是痛苦的,但却充满了崇拜和敬意。"女儿从他那里继承了好动而又坚毅的性格、诗人的气质、出色的记忆力和一双绿色的眼睛。诗人的母亲叫佩特罗尼拉·阿尔卡亚加·罗哈斯,这是一位俊秀而又善良的女性,她与诗人的母女之情是感人至深的。在米斯特拉尔的童年,有两个人曾对她产生过深刻的影响:一位是她的祖母,另一位是她同母异父的姐姐艾梅丽娜。每当星期天,母亲就叫她去看望"疯祖母"。祖母是村上唯一有一本《圣经》的人,并且不厌其烦地叫孙女一遍又一遍地朗诵,从而使它成了米斯特拉尔的启蒙课本,使这本"书中之书"在她幼小的心灵中深深地扎下了根，给她的一生留下了不可磨灭的烙印。实际上，她对《圣经》的记忆比对祖母的记忆要深刻得多。艾梅丽娜也是小学教师，比卢西拉年长十三岁，是她真正的启蒙老师。这是一个十分不幸的女性：母亲的私生女，从不知道谁是自己的生身父亲，结婚不久丈夫就死了，后来又失去了唯一的儿子。艾梅丽娜给妹妹留下了终生难忘的印象，评论家们认为，《乡村女教师》就是诗人对她的缅怀和颂扬。向姐姐学习了最初的知识以后，卢西拉曾进艾尔基山谷的维库尼亚小学。校长阿德莱达是一位盲人，需要有人为她领路。卢西拉不卑不亢地接受了这个工作，就像后来在斯德哥尔摩接受诺贝尔文学奖一样。阿德莱达委托她为女学生们分发教材，但这些姑娘连领带偷。当这位"有眼无珠"的校长发现少了教材时，竟在全校师生面前将她当作小偷来训斥。不擅言辞的卢西拉无法申辩，当场昏了过去。晚上回家时，偷教材的姑娘们早已在街上等着她，沿途用石块对她进行袭击。当她跑回住处时，已是头破血流。多年之后，米斯特拉尔已是著名诗人，有一次又回到维库尼亚，正赶上一个人的葬礼，她就信步跟着人群走到墓地。一位陌生人还送她一束鲜花，叫她放在死者的棺材上。当她询问死者是谁时，人们告诉她："就是阿德莱达，小学的校长。她是盲人。您不记得了吗？"加布列拉听后立即答道："我永远也忘不了她！"人情冷暖和世态炎凉在卢西拉坚毅的性格中又添加了孤僻的成分，并在她的心田上播下了神秘主义的种子。

这个在大山中长大的姑娘从小就表现出诗歌方面的天才。九岁就能即兴赋诗，让听众惊得目瞪口呆。由于经济条件的限制，她没有进过正规的学校，她的文化知识和艺术修养主要来自耳闻目睹、刻苦钻研和博览群书。但丁、泰戈尔、托尔斯泰、普希金、果戈理、陀思妥耶夫斯基、罗曼·罗兰、乌纳穆诺、马蒂、达里奥等文学巨匠都曾是她的老师，至于法国诗人米斯特拉尔（1904年诺贝尔文学奖获得者）

和意大利诗人加布里埃尔·邓南遮对她的影响，从她笔名上即可看出。

为了维持家庭生活，卢西拉从十四岁起就开始工作，在山村小学做助理教师。她勤奋敬业，得到的却是校长和村民们的奚落和辱骂。二十岁时，她已在省内的报刊上发表诗歌和短篇小说，引起人们的瞩目。因此，从1910年起，她从助理教师转为正式教师，又从小学转到中学，并先后在蓬塔·阿雷纳斯、特木科和圣地亚哥等城市担任过中学校长的职务。1914年她参加了智利作家艺术家联合会在圣地亚哥举行的"花奖赛诗会"，以三首《死的十四行诗》荣获了鲜花、桂冠和金奖，从此便沿着荣誉和玫瑰花铺成的道路青云直上。然而，腼腆的诗人为了逃避共和国总统和圣地亚哥市长的目光，尤其是为了逃避人群的掌声，她没有上台去领奖，而是躲在人丛中，欣赏当时任作家艺术家联合会主席职务的诗人麦哲伦·牟雷（她心目中的情人）朗诵时那"美妙"的声音。

1922年应墨西哥教育部部长的邀请并受智利政府的委托，米斯特拉尔前往"仙人掌之国"去帮助实施教育改革。同年，在纽约的西班牙语研究院出版了她的《绝望集》，这是她的成名作，也是她的代表作。两年后，她完成了在墨西哥的使命，赴美国和欧洲旅行，在马德里发表了《柔情集》，其中不少诗作是从《绝望集》中抽出来的。1925年2月，当她回到祖国时，像凯旋的英雄一样，受到了全社会的欢迎。从此，她开始了新的生活。智利政府任命她为智利驻"国联"（即后来的联合国）的代表和罗马教育电影学会执行委员。1928年她赴西班牙参加国际妇女大会。1930年她迁居美国，在各地开设学术讲座。1931年，在回国途中，她访问了中美洲和加勒比海各国，在波多黎各和哈瓦那大学讲学，在危地马拉和萨尔瓦多的大学参加各种活动，在巴拿马参加纪念哥伦布的活动并荣获金奖。1932年，她开始了外交生涯。原想去热那亚任领事，但由于她的反法西斯立场，墨索里尼政府以她是女性为借口，拒绝接受。于是她不得不改去危地马拉，后来又去了法国的尼斯。1933年，她获得了"波多黎各女儿"的称号。同年7月，去马德里任领事（1933—1935），后又去里斯本任职（1935—1937）。从1935年起，智利政府任命她为"终身领事"，驻地任选。1937—1938年，她与两位诺贝尔奖获得者——著名物理学家居里夫人和哲学家亨利·柏格森——在巴黎共同为"国联"工作。1937年，她决定将《塔拉集》的版权收入献给在西班牙内战中失去双亲的孤儿。在第二次世界大战期间，她回到了美洲，先是居住在墨西哥的维拉克鲁斯（1938），后又迁居巴西的尼泰罗伊和佩特罗波利斯（1939—1944）。在此期间，她为《美洲丛刊》、圣地亚哥的《商报》、布宜诺斯艾利斯的《国家报》等许多报刊撰写稿件。

　　1945年，她获得诺贝尔文学奖，然后从斯德哥尔摩赴法国和意大利访问，并受智利政府的派遣，直接去旧金山参加联合国成立大会。她是联合国妇女事务委员会委员，并积极参与了联合国儿童基金会的创建工作，起草了《为儿童呼吁书》。后来历任驻洛杉矶（1945）、蒙罗维亚（1946）和圣巴巴拉（1947—1950）领事。米尔斯学院、奥克兰大学、加利福尼亚大学先后授予她名誉博士称号，墨西哥政府专门在索纳拉送给她土地，请她在那里定居。1951年她荣获了智利国家文学奖并将十万比索的奖金捐给故乡的儿童。同年，发表了谴责帝国主义冷战政策的散文诗《诅咒》。1950—1952年，她先后在那不勒斯和拉帕略任领事。1953年任驻纽约领事。1954年哥伦比亚大学授予她名誉博士称号。同年她回到智利，受到知识界和广大人民的热烈欢迎。1955年，她应联合国秘书长哈马舍尔德邀请，参加了联合国人权大会。同年，智利政府为她颁发了特殊养老金。1956年年底，她身患重病，1957年1月10日在纽约逝世。当她的遗体运回智利时，智利政府和人民为她举行了国家元首级的葬礼。

为了更好地理解米斯特拉尔的诗作，尤其是为了理解她的《绝望集》，我们不能不谈谈她的爱情悲剧。众所周知的是：在1909年，卢西拉认识了一个名叫罗梅里奥·乌雷塔的铁路职员，并且一见钟情。至于小伙子对她的感情如何，评论家们其说不一，但可以肯定的是，乡村女教师没有得到相应的回报，这令她痛苦不已。后来罗梅里奥"和别的女人走了"，这更深深地刺伤了她那颗幼年时早已遭冷遇的心。罗梅里奥是一位讨人喜欢的青年，面貌清秀，性格腼腆。1909年11月25日，当他就要与另一位姑娘结婚时，却因"挪用公款"（将铁路款项借给一位急需的朋友，后者无法按期归还）而开枪自杀。据米斯特拉尔的好友萨维德拉·莫里娜说，由于人们在死者的衣袋里发现了女诗人写给他的明信片，这使卢西拉感到痛苦、怨恨、怀念和内疚。这种复杂的心情就是《绝望集》中许多诗篇的灵感之源。

在这里需要指出的是，许多文学史家和专门研究米斯特拉尔的文学评论家，其中也不乏女诗人的好友，都认为在她的一生中，只有上述一次恋爱，即所谓"伟大而又唯一的爱情"，本文作者以前也是这么认为的。最近阅读了费尔南德斯·拉腊茵出版的《加布列拉·米斯特拉尔爱情书简》，才知道这并非实情。事实是，卢西拉有过三次失败的爱情：一次是十五岁时的早恋，对象是比她年长二十三岁的庄园主阿尔弗雷多·维德拉·皮内达，这是"无法实现的爱情"；第二次的对象便是罗梅里奥·乌雷塔，这是一次火山爆发般的爱情；第三个对象是当时已负盛名的诗人曼努埃尔·麦哲伦·牟雷（1878—1924），这时的卢西拉已经成熟、冷静，这是一次长达十年之久的柏拉图式的爱情。遗憾的是在《爱情书简》中，没有一封是写给罗梅里奥的，不过从作者那些滚烫的诗句里，读者可以体会到女诗人爱得是何等的纯真和炽烈。在参加"花奖赛诗会"之前，卢西拉已经结识并爱上了曼努埃尔·麦哲伦·牟雷。他是一位现代主义抒情诗人，是当时的智利作家艺术家联合会主席,也是赛诗评委会主席。由于卢西拉没有公开出席颁奖仪式,三首《死的十四行诗》是由他朗诵的。曼努埃尔·麦哲伦·牟雷是一位仪表不俗(他像阿拉伯国王一样蓄着美丽的胡须)、风格隽永的诗人,是智利现代主义后期的代表人物之一。诚然,他们之间的爱情没有也不可能有什么美好的结局,因为当时这位"美髯公"早已和比他年长十岁的表姐成亲,而且他从小就爱慕这位大表姐。在米斯特拉尔赴墨西哥的前一年,麦哲伦赴欧洲旅行,从此他们再也没有见面。麦哲伦·牟雷于1924年因心绞痛突发,死在弟弟家中。当时米斯特拉尔正在欧洲访问,她保持沉默。三年之后,当劳拉·罗迪格为麦哲伦雕刻的纪念碑矗立在植物公园时,她在1927年4月17日的《商报》上发表了一篇题为《智利人:曼努埃尔·麦哲伦·牟雷》的文章。由此,人们明白了她沉默的理由:"现在已可以评论此人,时间的距离已使爱的激情有所缓解。""因为这纪念碑使他离我们远了一些,尽管是人为的,逝去的岁月似乎成倍地增加了……"在谈及他们的友谊时,米斯特拉尔说:"择友就像蜜蜂选择玫瑰一样,选中之后,友谊便是持久和美妙的。"这持久而又美妙的友谊在爱慕与激情中将他们连在一起,达十年之久。对他的人品,女诗人回忆说:"他是一个白皙、纯洁的美男子,谁见了他都会喜欢:女人、老人或孩子。"她认为:"美洲山谷里最富有诗歌天才的头脑或许就是何塞·阿松森·席尔瓦和我们的麦哲伦。"在1935年5月5日《商报》上发表的另一篇文章中,诗人再一次敞开了心扉:"任何一个种族都会愉快地接受这高贵的尤物。我很喜欢看这个人,他充满生活的风采,却朴实无华,宛似植物中的精品,同时散发着自然与灵秀之气。"

  十五岁至三十五岁这二十年,是人生最宝贵的年华。米斯特拉尔却是在痴恋、苦恋和失恋中度过的。对爱情,她从痴迷到清醒,从热烈到冷静,从幼稚到成熟,悲多于喜,苦多于乐。她从不隐瞒自己的情感，当然也不愿让别人评头品足。

下面，我们来谈谈米斯特拉尔的诗歌作品。

《绝望集》是加布列拉·米斯特拉尔的第一部诗集，也是她最有影响的一部诗集。当1922年在纽约出版时，全书共分七个部分，其中五卷是诗：生活、学校、童年、痛苦、大自然；另外两卷是散文诗和故事。《绝望集》这个总标题并不适合全书，然而却起到了画龙点睛的作用，因为全书中最有感染力的作品是那些泪水凝成的爱的诗篇。在这些诗篇中，人们很难将诗人的想象与她的切身经历区别开来，因为无论想象还是经历都是诗人心灵不可分割的组成部分。加布列拉·米斯特拉尔内心的激情与表面的平静形成了鲜明的对照，正像一座白雪皑皑的火山，一旦它打破沉默，沸腾的岩浆便会毫无顾忌地喷发出来，这并不是为了装点周围的环境，而是为了求得内心的平衡。正由于诗与人的融合太紧密了，米斯特拉尔最初"不同意搜集自己的作品"，可在答复纽约西班牙语研究院的时候，她还是寄去了这个集子，"其中无论已发表过的还是未发表过的作品，都是首次汇编成册"。

《绝望集》的内容有三部分：爱情、大自然之美与宗教的神秘。作者在编排时，有意将三部分内容混杂起来，时间顺序也有颠倒，这或许是一种障眼法，或许是她不愿公开打破女人从一而终的浪漫神话。然而在了解了米斯特拉尔的人生经历之后，我们大体上能够看出这些作品的来龙去脉。

当爱情的种子萌发时，诗人还是一位天真无邪的姑娘，一位心地善良的乡村小学教师：

> 纯洁的教师。"温柔的园丁，"
> 她说，"这是将耶稣继承，
> 眼睛和双手要保持洁净，

用圣油的清亮给人以光明。"

——《乡村女教师》

虽然多数评论家认为这是对艾梅丽娜的写照，但显然也包含着诗人自己的影子。就在那个时候，初恋使正值豆蔻年华的卢西拉又惊又喜，她似乎闯进了一个美妙的世界，那里春光明媚，令人心驰神往：

> 自从你和我订下婚姻，
> 世界多么美丽动人。
> 当我们靠着一棵带刺的树
> 相对无言，默默倾心。
> 爱情啊，像树上的刺儿一样
> 将我们穿在一起，用它的清馨！

——《天意》

对年轻的女诗人来说，爱情像阳光和空气一样，是维持生命必不可少的元素。为了神圣的爱情，她不惜牺牲自己的生命。因此，当她在半朦胧、半清醒的状态中接受亲吻的时候，竟会产生死的联想：

> 你不要将我的双手握紧，
> 长眠的时刻终将来临，
> 交叉的手指上笼罩着阴影
> 还有厚厚的一层灰尘。

——《警示》

在爱的陶醉中产生死的念头，这是多么大的反差！然而这正是米斯特拉尔的个性，用扑朔迷离的带有浓重宗教色彩的语言，赤裸裸地抒发爱的情感。《警示》的最后两句用一个富有诗意的形象给这爱的举动下了定义：穿透肌体的"神圣之风"，"用普通的话来说，这就是繁衍后代、生儿育女的呼声，就是驾驭人和动物的大自然的意志，而人总是力图使其升华以保全自己的贞操"[①]。

女诗人对爱情的疑虑并非无病呻吟，在她与情人之间，果然出现了第三者。小伙子见异思迁，疏远了乡村女教师。一首抒情《歌谣》向我们展示了诗人激荡的心潮：

他和别的女人走了，
我看见了他的身影。
风依然柔和，
路依然平静。
可我这双可怜的眼睛啊
却看见了他们的身影！

许多评论家都认为这痛苦的失恋是米斯特拉尔《绝望集》的源泉，她的选集上几乎都收录了这首小诗，有的还把它印在封底上。

女诗人与恋人决裂了，然而她心中的爱情之花并没有凋谢，它变成了渴望，变成了烈火，变成了痛苦、怨恨和诅咒。如果说初恋的情歌是情不自禁地哼出来的，现在则是咬牙切齿地大声疾呼：

如果你不和我一起行走，

[①] 引自《加布列拉·米斯特拉尔的生平和创作》(《拉丁美洲当代文学论评》，漓江出版社，1988)。

> 上天会叫你失去阳光;
> 会叫你没有水饮,
> 如果水中不映着我的形象;
> 会叫你彻夜不眠,
> 如果你不是枕在我的发辫上。
>
> ——《天意》

1909年11月25日,罗梅里奥·乌雷塔朝自己的太阳穴开了一枪。她悲哀、绝望、怨恨、愧悔,有时甚至到了想入非非的地步。她的激情像山洪一样汹涌澎湃,汇成了那三首使她成名的《死的十四行诗》:

> 人们将你放在冰冷的壁龛里,
> 我将你挪回纯朴明亮的大地,
> 他们不知我也要在那里安息,
> 我们要共枕同眠,梦在一起。

在探讨这三首诗的灵感之源时,评论家们各执己见、其说不一,贡萨莱斯·维拉的论点却是大家都接受的。他说:"那个青年的姓名、相貌、品格并不重要,重要的是他是个幸运儿,因为他激起了如此炽烈、细腻、温柔、动人、持久的爱情并酿成了如此玄妙的光环,这在卡斯蒂利亚语诗坛上是史无前例的。"[①]《陶杯》《祈求》《徒劳的等待》等诗作也是这个时期的产物。

时间的流逝、远离家乡的漫游和繁忙的工作使诗人的心绪逐渐平

---

① 引自《加布列拉·米斯特拉尔爱情书简》导言部分(安德列斯·贝略出版社,圣地亚哥,智利,1978)。

静下来，然而尽管情人的形象在她的记忆中已不甚清晰，但心头那一缕情思却依然藕断丝连：

  当你欢笑时是什么模样？
  当你爱我时是什么形象？
  当你的眼睛还有灵魂
  它们放射出什么样的光芒？

——《短歌》

  在《绝望集》中，还有一首极具特色的诗篇，这就是《儿子的诗》。这首诗是米斯特拉尔于1918年担任蓬塔·阿雷纳斯中学校长，上任的第一天写的。它记载并精确地描述了诗人的爱情悲剧，而且在诗歌素材方面独辟蹊径；不单纯是性爱与恋情，而且有做母亲的渴望。这灵感又激发她创作了另外两首同样优美的诗：《不育的女性》和《孤独的婴儿》。前者具有轻微的巴洛克风格，后者虽然也是一首十四行诗，却很像信口哼出来的摇篮曲。它们从不同的侧面表现了诗人心灵深处的感受，都是不可多得、脍炙人口的作品。

  细心的读者会发现，米斯特拉尔情诗的韵味是有变化的。《相逢》《天意》《死的十四行诗》《祈求》等作品，笔锋如刀，激情似火，显然是她与罗梅里奥的爱情的产物。《爱是主宰》《警示》等作品的风格已渐渐趋于缓和，不再是哭诉、呐喊或呻吟，诗人已更加成熟和冷静，语言已不再那么苦涩、辛辣，不仅有些甜润，有时还流露出一点妩媚和俏皮，内容虽然还离不开痛苦，但却有轻音乐的味道。至于像《痴情》《默爱》《羞愧》《苦恼》《儿子的诗》《不寐》等作品，则表现了她对待爱情一贯的精神状态。杜尔塞·马丽亚·洛伊纳斯曾这样写道："如果说加布列拉·米斯特拉尔为自己创造了一个世界，一个像我们在《绝望集》中所发现的如此美丽动人的世界,那么她就不仅仅是写了一本书:她窃得了神火,而且没有自焚。"[①]我想,这是对《绝望集》最形象的概括与评估。

《绝望集》中还有一组抒情漫笔式的释义性散文——《母亲的诗》。这是一束别具一格的小花,它以自己独特的风格装点了文坛。这是孕妇甜蜜的畅想曲,是母亲深情的赞美诗。这一类关于母爱的题材在《柔情集》中得到了更充分的体现。

《柔情集》中的诗作大都是儿歌或摇篮曲。米斯特拉尔的摇篮曲立意新颖,内容含蓄,语言流畅,令人感到母子之情像小溪一样温柔,像大地一样宽广:

娘的宝贝要睡眠,
红日西斜已下山:
闪光只有露水珠,
发白只有娘的脸。

……

为娘开口把歌唱,
并非只摆儿摇篮:
来回牵动小绳索,
是为大地来催眠。

——《夜晚》

[①] 引自《卢西拉与米斯特拉尔》,第127页,阿告拉尔出版社。

米斯特拉尔的儿歌不仅感情细腻、情趣高雅，而且饱含着浓厚的生活气息：

> 渔家小姑娘，
> 不怕风和浪。
> 睡脸像贝壳，
> 渔网罩身上。
>
> ……
>
> 睡得多香甜，
> 胜似在摇篮。
> 嘴里是盐味，
> 梦里是鱼鲜。
>
> ——《渔妇的歌》

作为教师，米斯特拉尔非常重视对孩子们的教育，更懂得寓教于乐的道理。因此，她创作的儿歌，虽然常常渗透着宗教思想，但却总是以游戏和歌唱的形式引导孩子们去追求真善美，培养他们团结、互助、热爱祖国和尊重大自然的崇高品德。总之，格调清新、内容健康、语言朴实是《柔情集》的基本特征。《柔情集》的最后两首诗——《大树的赞歌》和《小红帽》选自《柔情集》的最后两卷《学龄前》和《故事》。前者歌颂了大树对人类无私奉献的伟大品格，后者则告诉孩子们分清善恶的重要性，这是根据法国诗人佩罗的童话著作改写的。这两首诗表明米斯特拉尔的作品已经从情爱和母爱向着人道主义的博爱转化，表明了她的创作已经进入了一个新的时期。

《塔拉集》是米斯特拉尔的第三部诗集，有人称它为"神秘莫测"的诗集，这是因为在这部诗集中，诗人已改变了原来朴实无华、清晰明朗的风格，语言变得神秘，意境变得朦胧，不少作品已经具有明显的先锋派的特征。正因为这样，评论家们对这部诗集的评论，也是见仁见智，众说纷纭，甚至针锋相对，得出完全相反的结论。笔者认为，诗人终于摆脱了个人爱情悲剧的阴影，眼界更加开阔，心胸更加宽广，诗的题材也更加丰富，这无疑是一种自我超越。至于创作风格的改变，在拉丁美洲，从现代主义向先锋派的过渡，这是诗歌史发展的趋势和潮流，是无可非议的。当然，发展会有曲折，创新不总是成功。但无论如何，革新的精神是应该肯定、赞扬并发扬光大的。否则，历史就会停滞不前。

诗集的题目让人莫名其妙。何谓"塔拉"？评论家们也说不出个所以然。在西班牙语中，这个词有"砍伐"的意思，又是一种小孩子的游戏，类似我们北方孩子们的打尜（陀螺）；在阿根廷等地它是一种带刺的树；在智利还指在收割过的土地上放牧，叫牲口吃未割净的牧草。诸如此类，不一而足。这个词在梵文中是"平地"，在古日耳曼语中是"语言"，在葡萄牙语中是"木板"……作者取哪一个含义，我们不得而知。索性就音译为《塔拉集》，这是个偷懒却又保险的译法。

《塔拉集》的内容比较丰富，包括母亲之死、幻觉、疯女人的故事、材料、美洲、智利的土地、"智利之诗"的碎片、乡思、死浪、造化之子、留言等部分，还有十页散文注释。正如作者向我们提示的那样，"该书有《绝望集》的某些残余"，然而爱情悲剧在诗人心中激起的狂涛，如今已变成了"死浪"，不过是《绝望集》遥远的回声罢了。有人说，正是由于孤独，人们才与诗神对话，才会有好的作品问世。这显然并非普遍规律，但米斯特拉尔确实经常生活在孤独之中。

《塔拉集》中的诗句所以写得比较隐晦，除了先锋派诗歌的影响，与作者的心境也不无关系。从《绝望集》到《塔拉集》，有两件事情使诗人难过：1915年的父亲之死和1929年的母亲之死。前者正值她沉溺于爱情悲剧的绝望之中，因而没有在她诗中留下痕迹。母亲之死则不然，在《塔拉集》中留下了广泛而又悲痛的回声，并引发了她的宗教信仰危机。虽然她自称是百分之百的基督徒，耶稣的名字也的确在诗句中反复出现，但她是把宗教作为一种道德标准来对待的，她追求的是一种社会的民主和人类的博爱。此外，她对佛教和东方哲学也产生过比较浓厚的兴趣。在对待命运和死亡的态度上，加布列拉·米斯特拉尔不同于达里奥和乌纳穆诺，也不同于圣特莱莎和圣胡安·德·拉·克鲁斯，他们要么是紧紧地抓住现实生活不放，要么是渴望尽快到上帝面前去领略静修的快乐。米斯特拉尔的态度是矛盾的，她既不相信死是生命的终点，却又认为它是"现实我"的结束和消亡。她相信，或者说她希望，死后能在某个星球或某个角落里与自己的情人相会，在那里能逃脱人们的眼睛。她认为在睡梦中能做到这一点，这便是类似呓语般的诗句的来源。然而《塔拉集》中的诗篇也并非都是隐晦的，像《神圣的记忆》《饮》《我们都该是女王》等诗篇，都是感情深沉、格调明快的佳作。

《葡萄压榨机》于1954年发表，其中收录的大多是第二次世界大战期间以及战后的作品。战争给诗人带来极大的痛苦。她对野蛮的战争充满了仇恨，为了和平事业而大声疾呼。当纳粹集团大规模屠杀犹太人时，她愤怒谴责"希特勒使德国丧失了部分宝贵的精神财富，这是无法用物质来估量的损失"。她从自己隐居的地方对世界各地的被压迫者、对战争中失去双亲的孤儿和集中营里的受难者表示了深切的同情和积极的声援，这使得希特勒和墨索里尼大为恼火。二战以后，她积极参加保卫和平运动，为维护妇女和儿童权益而四处奔走，在外交活动中坚决反对帝国主义的侵略行径。这一切使她的思想感情产生了明显的变化,她更加同情广大的劳动人民,因而创作了像《工人的手》和《织布机的主人》这样的作品。

就在《葡萄压榨机》发表的第二年,米斯特拉尔的健康状况急剧恶化,到 1956 年,她几乎已经不能进食。她患有糖尿病和动脉硬化,而最终夺去她生命的是胰腺癌。1957 年 1 月 10 日凌晨,她在纽约的医院里逝世。联合国当天就召开了特别会议,为她举行了隆重的追悼仪式。她的遗体由智利大使护送回国,当时安葬在圣地亚哥公墓。1960 年 1 月 23 日按照她生前遗愿,将她重新安葬在故乡蒙特格兰德的山坡上。墓前的石碑上刻着:

灵魂为躯体之所作
  正是
艺术家对人民之所为。

编译者 赵振江
改于 2015 岁末

绝望集

倔强的女人

我记得你的面庞,它注视我的成长,
你穿着蓝色的裙子,前额被晒得发光。
在我的童年,在我肥沃的土地上,
我见你犁开黑色田垄,头顶四月的骄阳。

酒店里,他将混浊的大杯举到头上,
使一个爱子紧贴你藕荷色的胸膛。
回首往事,你痛心疾首,
播下的种子却平静安详。

来年一月我见你将儿子的小麦收割,
我睁大眼睛注视你,却不知为什么
你是那么迷人,我有泪珠滚落。

我至今仍愿将你脚上的泥土亲吻,
法世中找不到你这样的女人,
我将用歌声铭记你的耕耘。

不育的女性

不能在怀中摇动婴儿的女性，
婴儿的香气沁入她的内心，
她的胸怀像大地一样空旷；
无限的忧伤浸透她的灵魂。

百合使她联想到幼儿的双鬓；
钟声向她要求另一个祈祷的声音；
宝石色乳峰里的泉水也在询问
为什么她的嘴唇搅乱了自己平静的波纹。

看到她的眸子，人们会想起锄头的耕耘；
会想到当她在儿子的眼睛上瞩目凝神
惊喜的目光绝不会看到十月的落叶纷纷。

听到麦浪她会加倍地抖动。
一个行乞的孕妇也会羞得她满脸通红，
因为人家的乳房像一月的丰收一样欣欣向荣！

孤独的婴儿

致萨拉·胡伯内尔

听到哭声我停在山坡上,
走进路边小屋的门廊。
婴儿欢快的目光,从床上投向了我,
甘甜似美酒使我陶醉异常。

母亲迟迟未归,躬身操劳在耕地上,
孩子醒来,寻找玫瑰色的奶头哭声凄凉,
我把他紧紧地抱在自己的怀里,
一首摇篮曲油然而生,嘹亮悠扬……

月亮透过敞开的窗户将我们凝望,
孩子已经入睡,歌声还在回荡,
像是新的光源,照得我心花怒放……

当母亲颤抖着打开房门,
看见我脸上洋溢着幸福的光芒,
就听任婴儿在我的怀里畅游梦乡!

怀 念

阿马多·内尔沃①,微笑的嘴唇,温柔的侧影,
阿马多·内尔沃,诗歌与平静的心灵:
当我写给你的时候,墓板已经遮住了你的前额,
漫天的白雪飘落——无垠的寿衣
那恐怖的白色覆盖了你的面容。

你曾这样写给我:"我像孤独者一样感伤,
但我却让平静掩盖了自己的颤抖,
掩盖了对寿衣和坟墓残酷的苦闷
以及对耶稣基督、我的上帝的强烈的渴望。"

想到再没有能贡献你甜蜜的蜂房;
在众多仇恨的语言中你的语言意味着和平;
搅拌苦涩的歌随风而去,将有
几多烦恼,你却默不作声。

---

① 阿马多·内尔沃(1870—1919),墨西哥诗人。

当年从你歌唱的地方,我开始新的一天。
多少个夜晚,你的诗句伴我安眠。
因为有你的存在,我依然坚强勇敢;
你的光明驱散了昏暗。可现在
你已不再是你,满身灰尘,默默无言!

我从未见过你,也无缘再见,天命使然。
谁合拢了你的双手?谁在你的墓畔
用破碎的声音,将悼亡的经文诵念?
谁使你映入了上帝吃惊的眼帘?

我在世间仍有许多工作的岁月,何时能
相见,何地能相逢并向你诉说我的苦衷,
或许在南十字座上,它颤抖着将我遥望,
或许在更远的地方,风儿在那里默不作响,
我的心灵,因为不纯而高攀不上?

当你进入自己迷人的蓝宝石的王国,
请记住我——痛苦的灰烬和泥浊。

在上帝的影子下,喊出你知道的事物:
你见过我们,我们是孤儿,孤独凄凉。
任何痛苦的肌体都在请求死亡!

未 来

萧瑟荒索的寒冬，
将掠过我的心灵。
日光会将我刺伤，
歌声会使我溃疡。

平直稀疏的发缕
使我满面倦容。
六月紫罗兰的馨香
也会使人丧生！

母亲的太阳穴
盖上了灰土层层，
我的两膝当中
不会有金发的儿童。

为了不搅动坟墓，
我不看麦地天空，

重新牵动死者
我的心一定会发疯。

我所寻求的人儿
已经朦朦胧胧,
就是进入极乐
也不能与他重逢。

特莱莎·普拉特斯·德·萨拉泰亚

春光依旧,她却已不在人间,
真使我比乞丐还要可怜。
尽管二月的谷物堆满了场院,
太阳失去了光辉,谷穗也变得暗淡。

沉默不语、羞涩、文静,
只有一副肌体的外形,
但一开口便显出生命的活力,
世人与她接触便能净化心灵。

她那一双大大的慧眼
像两把利剑将世界洞穿。
俯视大地她不会惊叹:
对人间的一切她早已了然。

头顶烈日在荒原上跋涉三千年
也不会像她那样疲惫不堪。

汇集百川却口干舌燥，
她是生命之泉却挣扎在死亡的边缘。

如今我不问她是灰烬还是灯盏。
我知道她光荣才哭着将她称赞，
但我哭的是自己渺小、优柔寡断；
跌倒怕沾污泥，欲走却又畏难。

她尸骨芬芳胜过明媚的春天：
脸庞就像终于见到的上帝的容颜。
她若再不还人世会把我的灵魂洗涤，
她若再睁双眼会把我完美地送到上帝身边。

乡村女教师

致费德里科·德·奥尼斯

纯洁的教师。"温柔的园丁,"
她说,"这是将耶稣继承,
眼睛和双手要保持洁净,
用圣油的清亮给人以光明。"

贫穷的教师。她的天地不比世人。
正如以色列痛苦的布道者一样。
穿着褐色的裙子,手上全无装饰
可她的精神却闪烁着高贵的光芒!

欢乐的教师。遭受创伤的可怜妇女!
她的微笑像是好心的哭泣。
在破旧的红凉鞋上面
正是她神圣的瑰丽花絮!

多么温柔啊!她是一条甜蜜、丰满的河流,
痛苦的猛虎狂饮不休,

利刃打开了她宽广的胸口,
留下了爱情无限的忧愁。

农夫啊,你的儿子从她的话里
将赞美和祈祷的诗句学习;
可你却不吻她如花的心灵就扬长而去,
全不见她身上闪着启明的晨曦。

农妇啊,曾记得你对她的名字
议论得多么粗鄙不堪,
多少次与她相逢却视而不见,
对儿子的哺育,她比你有更大的贡献!

她精雕细刻的犁杖为孩子耕耘,
犁开道道田垄,播下完美的心灵。
她闪光的美德像飘飘瑞雪,
难道你不该将道歉的话语说上一声?

直到死神催她起程的那天,
她还像圣栎树庇护在林间。

想到长眠的母亲在将她等待,
面对死神她毫无怨言。

睡在上帝的怀抱,像月亮铺成的软床,
她的枕头是天上的星象;
圣父为她唱着摇篮曲,
和平像丝丝细雨洒在她的心上。

她的心灵像满满的酒杯一样
带来一切永恒的玉液琼浆;
她的生命是圣父常开的缝隙,
不断扩展给人间光亮。

因此,就连她的骨灰
也使玫瑰园放射火光。
(守墓人告诉我)当人们踩到那里的土地,
脚掌都会散发出芳香!

圣栎树

致教师布里希达·瓦尔克尔小姐

一

这强悍而又娴雅的女子的灵魂,

深沉时甜蜜,爱恋时严谨,

像一棵枝叶芬芳、光彩动人的圣栎,

沿着她粗壮的枝干攀缘着盛开的花神①。

结实的栎树啊,柔和的夜来香,

交织成她玫瑰色的心房。

虽然高大挺拔,你一眼就会发现

她的叶片上有激情在荡漾。

两千只云雀在她那里学习歌唱,

乘风飞向四面八方,

去栖息在极乐的天堂。

崇高的圣栎树啊,让我吻你伤痕累累的树干,

---

① 指花神木。

让我高高地举起右臂
久久地祝福你上帝造就的神圣身躯!

二
云雀的巢儿沉重,你昂首挺胸,
乐意负荷,从不避重就轻。
敏感的叶子为什么摆动,
只想让树荫更宽更浓。

生活之风掠过你的叶丛
温柔无声,如情似梦;
沸腾的生活弹奏你的琴弦,
像上帝的节奏一样平静。

接受那么多的鸟巢,容纳那么多的歌声;
你的胸怀放出那么多的馨香,
给人那么多的享受,那么多的爱情,

这使你挺拔的树干变得神圣
使你不朽的树冠变成美的象征,

秋天过去,你依然郁郁葱葱!

三
崇高的圣栎树啊,我要为你歌唱!
让人类邪恶的樵夫在你面前放下刀斧,
愿你的树干里没有痛苦的泪水流淌,
当上帝的光芒照到你的身上,它的胸怀
会变得温柔宽厚,就像你的胸怀一样。

相 逢

小路上,遇见了他。
水面依然如故,
玫瑰未开新花;
可我的心灵却又惊又怕。
可怜的女人啊,
泪水挂满了面颊。

他哼着小曲
本是漫不经心,
可一看见我
歌声就变得低沉。
我看看那条小路
奇异得如同梦境。
宝石般的晨曦中,
我脸上珠泪纵横!

他边走边唱,

带走了我的目光……
在他的身影后面
芳草一如往常。
这有何用！
我的心灵在空中激荡！
虽无人将我伤害，
我却眼泪汪汪！

当夜他没有失眠，
我却守着孤灯未曾合眼；
由于他全然不知，
我的情思没刺伤他松香色的胸膛，
也许他在梦中
会闻到金雀花的芳香，
因为一个可怜的女人
脸上眼泪汪汪！

独来独去，我并不畏惧；
又饥又渴，也未曾哭泣；
可自从与他相遇，

上帝就让我充满了忧虑。
母亲在床上为我祈祷,
一片诚心诚意。
可今后我的脸上
也许永远残留着擦不干的泪迹!

爱是主宰

它在田垄间自由来往,它在清风中展翅飞翔,
它在阳光里欢腾跳跃,它与松林紧贴着胸膛。
你能忘却邪恶的思想,却无法将它忘在一旁:
　　你不能不聆听它的主张!

它的语言铮铮作响,它的语言像莺啼燕唱,
既有和风细雨的乞求,也有命令似的惊涛骇浪。
不要做出狂妄的神态,也不要装出愁苦的模样:
　　对它的接待可要周详!

它是一副主人的模样,借口软化不了它的心肠。
它能打破鲜花的酒杯,也能劈开冰冻的海洋。
你不能拒绝它的留宿,不能开诚布公地言讲:
　　对它的接待可要周详!

细致的反驳头头是道,
智者的论据,女人的温良。

除了神学,人类的科学能拯救你:
　　对它的信念可要坚强!

它用麻布将你蒙上,你却会对它顺从忍让。
它热情地将你拥抱,你无法摆脱它的臂膀。
它向前行走,你会盲目地跟上,
　　尽管知道前面是地狱不是天堂!

默 爱

如果我恨你,我的仇恨
会斩钉截铁地对你说,
可如今我爱你,对人类
如此含糊的语言却信不过!

你愿它化作一声呼唤,
来自深深的心底,
可它还没出胸膛和喉咙,
灼热的激流已有气无力。

我本是一座涨满的池塘,
可对你却像干涸的泉眼一样。
一切都由于我痛苦的沉默,
它的残暴胜过死亡!

痴 情

天啊,此刻请闭上
我的眼,冻结我的唇,
因为时间已多余,
言语全说尽。

他看我,我看他,
久久没说话,
目光在死亡中凝滞,惊恐
在我们惨白的脸上挣扎。
经过了这样的时刻,
一切都成了虚话!

他声音颤抖,
我结结巴巴,
忧伤苦闷,
糊里糊涂地回答。
我讲了他和我的命运

注定是血和泪的混杂。

从此后,我知道
一切都成了虚话!
任何脂粉都会在泪水中
消融,流下我的脸颊!

耳听不见声音,
嘴不能说话。
在毫无生气的大地上
一切都失去了意义,
无论是血红的玫瑰
还是沉默的雪花!

天啊,我不曾将你呼叫,
哪怕是辘辘饥肠,可现在
我却要求你:停止我的脉搏,
将我的眼睛闭上!

请为我遮挡清风,免得

把他的话语吹向远方；
请让我摆脱烈日，
免得烈日会驱散他的形象。
请接受我吧，我激情满怀地前往，
激情满怀！像丰润的大地一样！

警 示

你不要将我的双手握紧,
长眠的时刻终将来临,
交叉的手指上笼罩着阴影
还有厚厚的一层灰尘。

你会说:"我对她
已无情意,她的手指
如同脱了粒的谷皮。"

你不要把我亲吻。
暗淡的时刻终会来临,
在潮湿的土地上
我将没有你要吻的双唇。

你会说:"我爱过她,但爱情
已经枯亡,因为她已经不能散发
金雀花一样的吻的芬芳。"

这样的话语令我悲伤,
你却胡言乱语,盲目癫狂,
说什么即使指头已经折断
我的手也要放在你的前额上,
我呼出来的气息也将落在
你充满焦虑的脸庞。

因此,你不要碰我。
当我用伸开的臂膀,
用我的双唇和脖颈,
表示奉献我全部的爱情,
那是我在将你欺骗,
可你,却以为吻到了一切,
被哄得像一个幼稚的儿童。

因为我的爱
不仅是这具疲惫僵硬的躯体,
它使我一直不能腾飞
而且一碰那苦行衣就瑟瑟战栗。

我的爱是吻的内涵,而不是唇;

它冲破的是喉咙,而不是心胸:

它能穿透我的肌体,

是一股翱翔的神圣之风!

天 意

一

大地会变成继母,
如果你出卖我的灵魂。
河水会变得凄凄惨惨,
从上到下冷汗淋淋。
自从你和我订下婚姻,
世界多么美丽动人。
当我们靠着一棵带刺的树
相对无言,默默倾心。
爱情啊,像树上的刺儿一样
将我们穿在一起,用它的清馨!

大地会叫你毒蛇缠身,
如果你出卖我的灵魂。
我要毁掉痛苦的膝盖,
你会永远断子绝孙。
耶稣的光辉将在我胸中熄灭,

一反常态——在我的家门：
乞丐的手臂会被打断，
还要驱赶受难的妇人！

二
你对人的亲吻，
会传到我的耳边，
因为深深的岩洞
为我传递你的语言。
路上的尘土
会保存你脚掌的气味，
我会像小鹿一样闻着
随你跑遍群山……

云彩会将你爱的人
画在我房子上面。
你像小偷一样去把她亲吻，
钻进她心里边。
当你捧起她的脸
会看到我珠泪串串。

三
如果你不和我一起行走,
上天会叫你失去阳光;
会叫你没有水饮,
如果水中不映着我的形象;
会叫你彻夜不眠,
如果你不是枕在我的发辫上。

四
如果你离开,哪怕路上长满
青苔,也会震碎我的灵魂,
无论在山地还是平原
饥渴都会将你撕啃。
无论在哪个国家的黄昏
晚霞都是我创伤的血痕。

尽管你在招呼别的女人,
我仍在倾听你的声音。
我会像一股盐水,

渗入你的喉咙藏身。
无论你渴望、歌唱或仇恨,
都只能为我一个人!

五
如果你走了并死在远方,
你要在地下等我十年。
把手捧得像瓢儿一样
让我的泪水流在里边。
你会觉得那痛苦的肌体
在使你全身发颤,
直到我的尸骨化成粉末
撒在你的脸儿上面!

不 寐

昔日是乞丐,可如今成了女王,
怕你将我抛弃,终日胆战心慌,
面色苍白,我时时在问你:
"还和我在一起吗?别把我丢在一旁!"

确信你来到这里,
我本想微笑着继续,
但是在睡梦中依然心有余悸,
还在问:"你真的不再远去?"

羞 愧

假如你看着我,我会变得漂亮,
就像露水珠滴在小草上。
我神采奕奕,走到小河旁,
高高的芦苇将认不出我的模样。

我的口形丑陋,我的五音不全,
我的膝盖粗糙,我感到难堪。
如今你看上了我,来到我面前,
抚摩自己的裸体,感到自己可怜。

在黎明的路边,你已经发现
没有哪一块石子比她更暗淡,
只因听到了这女人的歌声,
你便向她抬起了自己的视线。

为了平原上的行人看不出我的心情,
我将保持沉默,一声不吭,

只让这幸福在我粗糙的前额上闪烁,
在我的手上颤动……

夜色茫茫,露珠儿落在草上,
你久久地注视着我,深情地倾诉
衷肠。等到明天,再到小河旁,
你吻过的人儿将变得漂亮!

歌 谣

他和别的女人走了,
我看见了他的身影。
风依然柔和,
路依然平静。
可我这双可怜的眼睛啊
却看见了他们的身影!

他爱上了别的姑娘,
那里的土地洋溢着花香。
一首歌儿飘过;
只有刺儿开放。
他爱上了别的姑娘,
那里的土地洋溢着花香。

他吻了别的姑娘
在大海的岸旁;
枯黄的月亮

滑落在波涛上。
我不能将自己的血
涂在广阔的海洋!

他将和别的女人
一起,直到永远。
天空变得柔媚。
(上帝默默无言。)
可他将和别的女人
一起,直到永远!

苦 恼

此时此刻,像海水一样苦涩,
主啊,请你支撑住我。
我的道路充满黑暗,
喊声惊恐不安!
爱情曾像火花一样
在风中飞舞,在水中点燃。
它烤焦我的嘴唇,
折磨我的灵感,
挥发我的时间。

你见我睡在路边,
前额多坦然。
你也曾看见我平静的前额
如何失去夺目的容颜。
你知道,面对可怕的幻觉,
忧心忡忡的人不敢睁眼;
也知道那无法言传的奇迹

以多么美妙的方式出现!

现在我循着模糊的踪迹,
孤苦伶仃,来到你的领地,
请不要回避,不要熄灭灯盏,
不要关闭帐篷,不要默默无言!
疲惫在蔓延,
痛苦在增添;
正值隆冬,又逢大雪,
黑夜里到处是疯狂的鬼脸。

主啊!在青春的旅途中,
我见过多少睁大的眼睛,
可只有你注视着我。可是,
啊,它们多么纯洁晶莹!……

死的十四行诗

一

人们将你放在冰冷的壁龛里，
我将你挪回纯朴明亮的大地，
他们不知我也要在那里安息，
我们要共枕同眠，梦在一起。

我让你躺在阳光明媚的大地，
像母亲照料酣睡的婴儿那么甜蜜。
大地会变成柔软的摇篮，
将我痛苦的婴儿抱在怀里。

然后我将撒下泥土和玫瑰花瓣，
在月光朦胧蓝色的薄雾里，
把你无足轻重的遗体禁闭。

赞赏这奇妙的报复我扬长而去，
因为谁也不会下到这隐蔽的深穴

来和我争夺你的遗体!

二

有一天,这长年的苦闷会更加沉重,
那时候灵魂会告诉躯体,它不愿
再在玫瑰色的路上拖着负荷,
尽管那里的人们满怀生的乐趣……

你将觉得有人在身旁奋力挖掘,
另一个沉睡的女人来到你寂静的领地,
待到人们将我埋葬完毕,
我们便可以畅谈说不完的话语!

到那时你才会知道为什么
你的躯体未到成年又不疲倦,
却要在这深深的墓穴里长眠。

在死神的宫殿里也有光芒耀眼,
你将明白有星宿在洞察我们的姻缘,
背叛了婚约就该命丧黄泉……

三

自从那天邪恶的双手控制了你的生命，
按照星宿的示意，它离开了百合花丛。
当邪恶的双手不幸地将它掌控，
它在欢乐中正当开花的年龄……

我曾对上帝说："有人把他引上死路。
他们不会指引那可爱的魂灵！
主啊，让他逃出那致命的魔掌，
或沉浸在你赐予人们漫长的梦中！

"我不能向他呼喊，也不能随他前行！
倾覆他小船的是一阵黑色的暴风。
让他回到我的怀抱或让他英年丧生。"

他生命的玫瑰之舟停止了运行……
难道我不懂爱，难道我没有情？
将要审判我的主啊，你对此了解得最清！

徒劳的等待

我忘了
你轻快的脚步已化为灰烬,
又像在美好的时辰
到小路上将你找寻。

穿过山谷、河流和平原,
歌声变得凄凄惨惨。
黄昏倾泻了它的光线,
可你仍是动静杳然。

太阳火红,枯萎的罂粟花瓣
已经散落成碎片;
细雾蒙蒙使原野抖颤,
我孑然一身与谁为伴!

秋风瑟瑟,摇曳着
一棵树发白的手臂。

我感到恐惧,"亲爱的,
快来呀",我呼喊着你!

"我有恐惧也有爱情,
亲爱的,加快你的行程!"
夜色越来越重,
我的痴情越来越浓。

我忘记了
你已听不到我的呼唤;
我忘记了你的沉默
和黑色的容颜;

忘记了你冰冷僵硬的手
已不会将我找寻;
忘了你的瞳孔已经扩散,
由于上帝对你的审问!

夜色展开了黑色的幕帐,
报忧不报喜的猫头鹰

将可怕的、丝绸的翅膀
扑打在田间的小路上。

我不再将你呼叫,
你已不在那厢操劳;
我赤着脚继续前行
你的脚已静止不动。

沿着荒凉的小路
我徒劳地赴约寻找。
你的幽灵不要
进入我敞开的怀抱!

炽 爱*

我口中的一切
都是泪水强烈的味道:
家常饭、抒情诗
甚至祈祷。

自从我默默地爱上你,
我的职业就是哭泣。
除此以外我无所适从,
你赋予我的职业多么艰巨。

紧闭的双眼
热泪滔滔!
痛苦、抽搐的双唇,
一切都变成了祷告!

这样胆怯的生活,

---

* 原诗题为《民谣》,这里的标题是译者加的。

我感到羞耻!
为了忘怀,我不去找你,
但却无济于事!

你的双眼已看不见蓝天,
手抚着玫瑰,你的骨骼
是滋养她的源泉,内疚的血
流淌在我的心田!

多么可怜的肌体,
害羞的身躯,
疲惫地死去,
不能下到你的身旁安息,
瑟瑟战栗,紧握
"生命"不纯的花蒂!

陶 杯

我梦见一个简朴的陶杯出现在眼前,
它将你的骨灰装殓;
杯子的壁就是我的面颊,
咱俩的灵魂和睦相处,亲密无间。

我不愿将你的骨灰撒在闪光的金杯里,
也不愿在精雕细刻的古代宝罐里安放。
只愿将你收殓在一个陶土的杯子里,
简单朴实就像我裙子上的褶皱一样。

这一天下午我到河边将陶土捞取。
心潮翻滚,制作那个陶杯。
扛着庄稼的农妇从那里走过,
她们哪知道我在捏丈夫的床帷。

我将那一抔陶土捧在手里,

它像一丝泪水从指缝里无声地流去。
我要用超人的亲吻给杯子打上印记,
我无限深情的目光是你唯一的寿衣。

祈 求

上帝啊，你知道我在怎样向你祈求，
为了陌生人，我的热情都像火一样，
可现在是为了心上人，
他是我清凉的酒杯，可口的香糖。

他是我骨骼中的钙质，工作中美好的目的，
衣裙上的丝带，耳旁的细语。
毫不相干的人我都关心，
如今为了他，你不要生气！

我告诉你，他很善良，
他的心像花儿一样美丽，
性情温柔，像阳光一样明朗，
又像春天一样充满奇迹。

你反驳我，声色俱厉，说他毫不足取，
他炽热的双唇从未说过祈祷的话语，

那天下午他未经你的允许
就将太阳穴打碎,像把杯子摔掷在地。

但是上帝啊,我要向你说明,
我要像抚摩你头上的玉簪花一样
抚摩他温柔、痛苦的心灵
——宛似新生的蚕茧抽出的丝绒!

他残酷?上帝啊,请忘记吧,我爱他,
他知道自己的心已经溃烂。
他使我心中的花朵不再发芽?
这些我全不管,你知道:我爱他!

你很清楚,爱是痛苦的磨炼;
爱是永远不会干涸的泪泉,
它用亲吻使苦行衣上的绳穗更加鲜艳,
绳穗的下面是被迷住的视线。

那钻孔的器具有迷人的清凉,
打开爱的肌体,像分开成熟的庄稼。

而十字架（犹太王啊，你会记得）
人们温情地扛着它，像一束玫瑰花。

上帝啊，我来了，脸儿贴在地上，
整整一个夜晚，我要对你细讲，
倘若你迟迟不说出我期待的话语。
我会在一生中所有的夜晚纠缠着你！

我会用祈求和哭泣使你的耳朵疲倦，
我会像猎犬一样舔你披风的边缘，
你可怜的双眼躲不开我的视线，
你的双脚也躲不开我的热泪如泉。

原谅他吧，你终究会将他原谅！
你的话语会在风中散发百合的芳香；
水面上将会闪烁绚丽的异彩；
荒漠开出鲜花，卵石放出光芒。

兽类也会眼泪汪汪，

连你用顽石造就的山冈

也会用白雪皑皑的眼睑哭泣：

整个大地都会知道你已经将他原谅！

儿子的诗

致阿尔丰希娜·斯托尔尼①

一

儿子,儿子,儿子!在痴情似火的日子里,
我想要一个儿子,是我的也是你的,
那时连我的骨头里都回荡着你的耳语,
我的前额一天比一天更神采奕奕。

我总说:要一个儿子!就像春情萌动的花木
将蓓蕾向蓝天延伸。
一个儿子,有着像耶稣一样大大的双眼,
动人的前额,充满渴望的双唇!

他的双臂像花环,盘在我的脖子上,
我肥美的生命之泉向他流淌,
我的心田开出了芬芳的花朵,
使所有的青山都飘溢着清香。

---

① 阿尔丰希娜·斯托尔尼(1892—1938),阿根廷女诗人,患癌症后,在痛苦和煎熬中投海自杀。

当我们满怀着爱穿过人群,
在那里碰到一位怀孕的母亲,
用颤抖的嘴唇和乞求的眼睛将她注视,
想要个目光温柔的儿子却使我们成了盲人!

幸福和憧憬使我夜不能眠,
情欲并未降临我的床边。
为了在歌声中诞生的儿子
我将胸怀敞开,将双臂舒展……

为了将他沐浴,我觉得阳光并不太强,
看看自己,我恨我的膝盖粗糙无光;
我神思恍惚,思绪茫茫,
自惭的泪水在我的面颊流淌!

我不曾怕主宰生离死别的污秽死神;
儿子的眼睛可以使你从虚无中解脱,
无论阳光灿烂的早晨还是月色朦胧的夜晚
我都愿从他的目光下走过……

二

如今三十岁,死神早熟的灰烬
已经爬上了我的双鬓,在岁月中,
我的痛苦像两极永恒的雨水
和缓慢、咸涩、冰冷的泪水一起滴落飘零。

松木的火苗燃烧,平静安稳,
看着腹部,我想着儿子是怎样的人,
那王子将有像我一样疲倦的口、
痛苦的心和战败者的声音。

然而他却有一颗像你一样中毒的心,
像你一样的忘恩负义的双唇。
他可能有四十个月不睡在我的怀里,
他抛弃我,只因为你是他的孽根。

春天,他在什么样的花园、什么样的水流旁边,
洗涤他的血液——我的心酸,
无论在乐土或荒原,我都很凄惨,

每个神秘的黄昏,都在你的血管里说个没完。

有一天,他那炽热、怨恨的口会说出可怕的语言,
就像我曾经对父亲所说的一般:
"你那可怜的肉体为什么那样充满活力?
母亲的乳房又为什么饱含着乳汁甘甜?"

你在地下的土床上安息,我感到
痛苦的快乐,我的手不会摆动
儿子的摇篮,只求既不操劳又无愧悔
和你一样在野草莓下长眠。

但是我不会闭上眼睛
而是在黄泉下面出神地倾听,
如果他走过,脸上带着我的热望,
我会瞠目结舌,用破碎的膝盖将自己支撑。

上帝的原谅未降临我的身旁:
恶人们会将我无辜的躯体损伤,
我的血管会永远压迫

儿子迷人的前额和目光。

我让自己的亲人沉浸在我幸福的胸膛!
却让自己的种族死在我的腹腔!
母亲的脸庞不会再现人世,
她诵读"悼亡诗篇"①的声音也不会随风传扬!

森林变成灰烬,会百倍地生长,
一百次倒在斧下,仍会成熟、茁壮。
我将倒下,为了不在收获时节站起,
我的人们和我一起进入黑夜茫茫。

就像偿还对种族的欠账,
痛苦刺着我的胸部,使它像个蜂房。
在每一刻流逝的时光,
我痛苦的血液都像河流奔向海洋。

我可怜的先人们注视太阳和西方,
心急似火,因为在我身上已看不到希望。

---

① 指《圣经》第 51 诗篇。

热烈的祈祷已经使我的嘴唇厌倦
在变得沉默不语以前,我常将它们歌唱。

我不曾为自己的谷仓播种,
也不曾用爱培育日后的臂膀,
那时折断的脖颈将不能把我支撑
我的手也不能将薄薄的床单丈量。

我曾将别人的孩子抚养,
用神圣的小麦装满谷仓,
天上的主啊,我只希望你接受
我这乞丐的头颅,如果我今晚死亡!

巴塔哥尼亚①风光（2首）

致堂胡安·贡达尔迪

荒凉

永恒的浓雾，使我忘却了是在什么地方
大海将我抛入它饱含盐分的波浪。
我到达的这片土地没有春天：
它的黑夜漫长，宛似母亲把我隐藏。

风在我房屋的周围哀号抽泣，
打破我的呐喊，如同打碎玻璃。
在白茫茫的原野，一望无际，
我望着无限的黄昏痛苦地逝去。

来到这里的人可以呼唤谁
既然更远的地方只有死亡？
人们只能看到沉寂、僵硬的海洋
在他们可爱的手臂间漫延滋长！

---

① 巴塔哥尼亚是智利和阿根廷南部的广大地区，一直延伸到麦哲伦海峡。

船只来自不属于我们的地方,
船帆在码头闪烁着银光;
船上人的眼睛明亮却不认识我的河流,
他们带来苍白的果实,没有我们果园的光芒。

望着他们走过,疑问涌上我的喉咙,
它使我失落,并被战胜:
他们讲的语言稀奇古怪,
远不如我老母亲在黄土地上唱得动听。

望着雪花宛如尘土洒落在墓地;
望着雾气在增长,宛如垂死的人一样,
为了不发疯,我不计算时辰,
因为漫长的黑夜才刚刚落下幕帐。

望着迷人的原野并收集了它的忧伤,
来这里就是为了观赏这死一样的风光。
白雪是它映入我窗口的脸色:
它的洁白永远是从天而降!

寂静的雪花总是像上帝伟大的目光
落在我身上;她的柠檬花掩盖了我的住房;
它永远像不偏不倚的命运,为了将我覆盖
而飘落,使我既恐惧却又心驰神往。

三棵树

三棵树
倒在小路边。
伐木者已将它们遗忘,
它们像三个盲人,亲切交谈。

夕阳将殷红的血
涂在被劈开的木头上,
风儿吹散了
它们肋部伤口的芳香!

其中一棵,已经曲曲弯弯,
将巨大的臂膀和抖动的枝叶
伸向另一位伙伴,
两个伤口像一双眼睛,充满期盼。

伐木者将它们遗忘。夜黑
将至。我将和它们在一起。
将它们柔软的树脂储存在
我心里。它们对我犹如火焰。
白昼将发现我们沉默无语
沉浸在一堆痛苦里。

云之歌

缥缈的云啊,
轻柔的绢,
请把我的心
带上蔚蓝的天。

远离这个家,
它在看我受熬煎;
远离这围墙,
它们在看我赴黄泉。

飘荡的云啊,
请带我到大海上
让我倾听
涨潮的涛声
和浪花中的歌唱。

云儿、花儿、脸儿

为我勾画出
那被不忠的时间
渐渐抹去的容颜。
看不见他的面孔,
我的灵魂会腐烂。

飘过的云啊,
请让清新的情意
驻足我的胸膛。
我已张开双唇
它们充满渴望!

秋

我将自己的疲倦
带给凋零的白杨,
躺在白杨树下
不知过了多少时光,
它们迟到、神圣的金黄
慢慢覆盖了我的胸膛。

夕阳缓缓地
在白杨树的后面隐藏。
为了我乞求的心
它没有将鲜血流淌。
为了拯救自己的生命
我向爱人伸出了臂膀,
他正在我的心中死去
如同磨损的霞光。

那时我只带来

一束饱经风霜的温柔,
在我的肌体中
宛如一个婴儿在颤抖。
现在它正在消失
宛似杨树中的水滴;
但这是秋天,为了拯救它,
我不会挥舞自己的手臂。

在我的鬓角上
落叶散发着柔和的芳香。
死亡或许
只是吃惊地
离开迷人的公园
伴随着枯叶的声响。

尽管夜色即将来临,
我孑然一身,
霜花漂白了大地,
我没有起身回去,
也没用落叶做成床垫,

对于这无依无助,
脸上没有泪痕,甚至
没说一声"圣父啊,阿门"。

山 顶

黄昏的时光
将血泼在山峦上。

此时此刻,有人多悲伤;
一个女人,面对夕阳
痛苦地失去了
自己压抑的心房。

那个傍晚,有一颗心脏
染红了那淌血的山冈。

山谷在阴影中
一片宁静。
但是从谷底
山峰燃烧得通红。

此时此刻,我总是歌唱

那痛苦不变的歌声。
难道是我用猩红
沐浴了那山峰?

我用手抚摩自己的心脏,
觉得肋部有鲜血流淌。

星星谣

"星啊星,我悲伤。
请你告诉我可有其他人
和我的心一样。"
"有人更悲伤。"

"星啊星,我孤单。
请你告诉我可有其他人
和我的心一般。"
"有人更孤单。"

"星啊星,请听我哭声。
请你告诉我
可有人泪纵横。"
"有人泪更浓。"

"谁悲伤,谁孤单,
如果你见过

请你告诉我。"

"我说的就是
我自己,就连我的光
都在泪水里。"

细　雨

可怕而又忧伤的雨滴
宛似患病的婴儿,
在落地之前
已瘫痪。

树儿静,风儿停,
万籁悄无声,
而这痛苦的抽泣
从未停。

天穹犹如一颗痛苦的
敞开的无垠的心脏。
这不是雨:而是鲜血
在缓缓地流淌。

在家庭里,人们
感觉不到这份忧伤,

这痛苦的雨水
本是从天降。

被征服的雨水
疲惫而又漫长,
降在备受煎熬
仰卧的大地上。

降雨……像可悲的豺狼
夜晚窥视在山冈。
黑暗中会发生什么,
大地会怎么样?

当外面下着毫无生气
死一般的雨水,
死神的姐妹,你们可能
强忍着入睡?

松 林

广阔、阴暗的松林
随风摇荡,
用摇篮曲
牵动着我的惆怅。

安详、凝重的青松
像是思绪万千,
让我的痛苦和记忆
一起安息入眠。

记忆是苍白的凶手
请让它进入梦乡,
思绪万千的青松啊
用人类的畅想。

风儿将松树
轻轻地摇荡。

记忆，入睡吧！
痛苦，入梦乡！

松林像衣裳
披在青山上，
就像深深的爱情
在生命里荡漾。

什么也没留下，
什么也没占去，
就像贪婪的爱情
侵入灵魂里！

青山
有着玫瑰色的土地；
松林
为它涂上悲剧的墨迹。

灵魂

就是那玫瑰色的小山；
爱情
给它披上了悲剧的锦缎。

风儿已经停息，
松林停止了歌吟，
就像人在沉默
窥视自己的灵魂。

在寂静中思忖，
浩大而又阴森，
就像一个人知道
世界的痛苦多深。

松林啊
我害怕和你一起思想，
怕的是能够想起
我还活在世上。

松林啊,你不要沉默,
请使我快入梦乡;
请你不要沉默
就像在冥思苦想。

伊斯特拉西瓦特尔 *

伊斯特拉西瓦特尔流出我的晨曦；
在她的注视下，我的房屋耸立，
在她的脚下，命运使我有了依傍，
我痴迷地诉说，沐浴着她的光芒。

我将爱献给你，墨西哥的雪山；
你像纯洁的少女，多么娇艳，
清晨爬上你的身躯，变得幽雅，
像玫瑰花开，一瓣一瓣。

伊斯特拉西瓦特尔用她那人体的曲线
使景色谐调，使天空变甜，
所有的甜蜜都从她的脊背渗出，
山谷在她身上变得平缓。

---

* 伊斯特拉西瓦特尔是墨西哥著名的火山，高 5386 米，常年积雪，从墨西哥城望去，其轮廓像一个仰卧沉睡、洁白无瑕的女性。

她在苍穹的醉态中伸展，

睡意蒙眬，轻松自然。

她那巍峨峥嵘的山顶

伸向自己的夫君，崇高的蓝天。

她的脊背腾起云雾

编织着美妙的梦幻：

既像少女又像白鸽

胸怀纯洁，充满眷念。

但是你啊，像可怕的胡迪特①，

蓬乱昏暗的安第斯山，

你使我的灵魂像坚硬的爪，

在你的绷带中血迹斑斑。

我要像带你的婴儿一样带着你，

将你装在我破碎的心里，

因为我在你痛苦的胸怀里长大，

我已将生命注入你的躯体。

---

① 胡迪特是犹太人的女英雄，为了解救贝图利亚城，曾砍下荷洛费内斯的头颅。

索尔维格①之歌

一

大地像人的嘴唇一样甜蜜,
就好似当初我和你在一起,
大地上的道路千头万绪……
永恒的爱情啊,我在等着你。

我看着年华不停地奔流,
我看着命运不停地逝去。
昔日的爱情啊,我还在等着你:
大地上的道路千头万绪……

被你刺伤的心依然跳动不息:
它靠你活着,像靠醇酒的香气。
我目不转睛地注视着天际:
大地上的道路千头万绪……

---

① 索尔维格是挪威剧作家易卜生的剧作《彼尔·英特》中的女主人公,是一个对爱情忠贞不渝的女性形象。

如果我死去,曾看见快乐时光的上帝,

他曾看见我在你的怀里,

如果他问我你在何方,

可叫我怎样回答他的问题!

山谷深处响起了铁铲的声音

我在那里已力尽筋疲。

昔日的爱情啊,我还在等着你:

大地上的道路千头万绪……

二

松树啊,松树

为山坡遮阴;

我所爱慕的人

在谁的怀里栖身?

那些小小的羊羔

到潺潺的泉水之滨:

在我嘴上畅饮的人

去吻谁的双唇?

风儿使茂盛的枞树
结成连理婚姻:
可从我胸前吹过
哭得像婴儿伤心。

坐在大门口
我等了三十年。
多少次大雪
将小路遮盖严!

三
乌云遮盖着苍天,
人间的风使松林哀怨;
乌云遮盖了大地,
彼尔·英特如何回还?

夜幕笼罩了平原,
啊,对游子一点也不可怜。

夜幕蒙住了我的双眼,
彼尔·英特可怎么回还?

默默的雪像棉絮,
厚厚的雪像麻团:
牧民的篝火已熄灭,
彼尔·英特可怎么回还!

柔情集

摇啊摇

神圣的大海
摇着万顷波涛。
聆听可爱的涛声
摇着自己的宝宝。

风儿在夜间漫游
摇着麦浪滔滔。
聆听可爱的风声
摇着自己的宝宝。

摇着世间的万物
圣父不声不响。
感受他的臂膀
我将宝宝摇晃。

露 珠

这是一朵玫瑰
上面托着露珠:
这是我的胸脯
将我的孩子保护。

收拢小小的叶片
将露珠儿支撑
为了不将它吹落
又剪掉了风。

因为露珠儿
来自无垠的天际
而玫瑰花拥有
悬在空中的元气。

她多么幸运
幸运得沉默不语:

世上的玫瑰
谁有她美丽。

这是一朵玫瑰
上面托着露珠：
这是我的胸脯
将我的孩子保护。

发 现

走在田野上
遇见小儿郎:
发现他睡了
在麦穗中央。

或许是那时
在葡萄园徜徉
寻找葡萄叶
却碰到他脸庞。

因此我有些怕
当自己入梦乡,
他会蒸发掉
像园内的冰霜。

小 羊

我的小羔羊
温顺又安详,
你的安乐窝
就在娘胸膛。

长得白又胖,
脸蛋像月亮;
为你做摇篮,
万事都遗忘。

忘掉了世界,
忘掉了自己,
唯觉乳房在,
用它哺育你。

我心只知道

孩儿依靠娘。
我儿若高兴
比啥全都强。

迷 人

小宝贝使人着迷
像风儿一样精细:
我全然没有感觉
他梦中把我吮吸。

他比小河调皮,
他比山坡柔软,
虽然活在世上,
却胜过整个人间。

小宝贝多么富有,
胜过大地天空:
我的胸是他的貂皮,
我的歌是他的鹅绒……

他身躯多么纤小,

如同麦粒一颗；
他比梦更轻盈,
使人全不觉得。

我不孤独

夜晚多冷清
山地到海洋。
可我摇着你
心中不凄凉!

天空多冷清
月亮落海上。
可我抱着你
心中不凄凉!

世界多冷清
肌体多悲伤。
可我贴紧你
心中不凄凉!

夜 晚

娘的宝贝要睡眠,
红日西斜已下山:
闪光只有露水珠,
发白只有娘的脸。

娘的宝贝要睡眠,
路上不闻人语喧:
只有小溪在幽怨,
只有娘在儿身边。

雾气茫茫罩平原,
夜色沉沉不见天。
寂静像只大手掌,
遮得世界严又严。

为娘开口把歌唱,

并非只摆儿摇篮：
来回牵动小绳索，
是为大地来催眠。

万事都如意

睡吧,小心肝,
笑得多香甜,
巡夜的星宿
为你摇摇篮。

你享受光明,
你真有福气,
只要有了我,
万事都如意。

睡吧,小心肝,
笑得多香甜,
可爱的大地
为你摇摇篮。

你看红玫瑰
像胭脂一样。

紧紧抱世界，
紧紧抱为娘。

睡吧，小心肝，
笑得多香甜，
上帝悄悄地
为你摇摇篮。

沉 睡

致阿黛拉·富莫索·德·奥伯雷贡

睡得香甜的娃娃,
不要将他唤起。
睡在我的心里,
带着多少倦意。

我将他叫醒,
他的梦多欢畅,
睁开眼又合上,
重新入梦乡。

前额多平静,
两鬓多安详,
小脚像两个蛤蜊,
两肋像鱼儿一样。

他梦见了晨露,
前额渗出了汗;

梦见了仙乐,
身体微微颤。

听他轻轻喘气,
宛似流水潺潺;
睫毛轻轻动弹
像藤萝的叶片。

请你们不要碰他,
他睡得多么香甜,
直到自己醒来,
让他随心如愿……

屋顶和房门
帮他睡梦深沉,
还有库柏勒①——
大地和母亲。

我已将睡眠忘记,

---

① 库柏勒是希腊神话中的众神之母。

能不能向你学习,
多少艰难的事情
都是睁着眼学成。

我们都入梦乡,
就像你一样,
在梦中畅游,
直到大天亮……

渔妇的歌

渔家小姑娘
不怕风和浪。
睡脸像贝壳,
渔网罩身上。

海滩上睡眠,
沙丘上成长。
海阿姨唱着歌,
绝妙地将你晃。

渔网缠住衣裙,
我无法向你靠近,
如果弄断了网结,
会打破你的好运。

睡得多香甜,
胜似在摇篮。

嘴里是盐味,
梦里是鱼鲜。

膝盖是两条鱼,
前额是一条鲢,
胸中跳呀跳,
鱼儿在撒欢……

墨西哥的孩子

置身于似有似无的地方,
阿纳瓦克①闪着银光,
我在给一个孩子梳头
沐浴着罕见的光芒。

他在我的双膝中间
像从弓上落下的箭一样,
我一边摇一边唱,
宛似把箭磨亮。

光线那么老,又那么小,
我总觉得是个新的发现,
让他沉默,又让他翻转,
用我唱的格言。

---

① 阿纳瓦克原指墨西哥谷地,后泛指墨西哥中部高原,即墨西哥的同义语。

他的眼睛又黑又蓝,

用永恒的生命将我观看。

我用双手为他梳头

按照人们永恒的习惯。

北美松树的胶油

从他的脖颈流到我的臂膀,

沉重而又轻盈

像没有弓的箭一样。

我用旋律将他培育,

他用慰藉将我滋养,

那本是玛雅人[①]的精华,

人们从我身上掠走了它。

我抚摩着他的头发,

一会儿打开,一会儿收拢,

我在他的头发中

---

① 玛雅人是生活在墨西哥东南部、尤卡坦半岛以及中美洲的印第安民族,创造了光辉的玛雅文化。

收集玛雅人四散的行踪。

离开我墨西哥的孩子
已有二十个春秋,
但无论是睡是醒,
我都在为他梳头……

这是母亲的本性,
我对此从不厌烦,
这是如痴的喜悦
能摆脱死神的纠缠!

小花蕾

有个小花蕾
紧贴我心房。
洁白而又小巧
像米粒儿一样。

在炎热时刻,
我为他遮阳。
有个小花蕾
紧贴我心房。

他一长再长,
比我的影子长。
像树一样高,
前额像太阳。

他不断地长高,
充满我的怀抱;

沿着道路而去
像潺潺的小溪……

失去他,为了抚平
创伤,我依然歌唱:
"有个小花蕾
紧贴我心房。"

摇 篮

木匠啊,木匠,
为宝宝做个摇篮,
快快把树砍,
我等得不安。

木匠啊,木匠,
把松树滑下山坡,
再砍下枝条,
柔软似心窝。

黑黝黝的木匠,
你也有过童年。
带着母亲的记忆,
精心做摇篮。

木匠啊,木匠,

当我对宝宝耳语,

你儿子也正酣睡,

脸上笑眯眯……

小 星

一颗小星星
落在我胸膛。
多么神奇啊,
和我却不像。

夜晚正酣睡,
醒来她落下,
在我发辫上
烁烁放光华。

召唤众姊妹
快快跑过来:
"没见床单上
闪闪放光彩?"

我将怀疑者
叫到庭院中:

"那不是女孩儿
而是一颗星!"

邻舍多匆忙,
挤满我厅堂。
有人摸身躯,
有人摸脸庞。

一天又一天,
喜庆没有完,
小星金光闪,
人围摇篮边。

在这一年里,
果园未下霜,
牲畜没冻死
葡萄满架香。

大家祝福我,
我用爱回报:

"让我的小星
静静地睡一觉。"

身体在闪亮,
眼睛在发光,
她只属于我,
望着泪盈眶。

雏 菊

流动的泉水多圣洁,
十二月的天空多湛蓝,
草儿颤抖着在呼唤
到山坡上围成圈。

母亲们从山谷观看
在高高的草地上面
看见一朵巨大的雏菊:
我们在山坡上围成的圈。

她们看见一朵疯狂的雏菊
有时弯腰有时直立,
有时解散有时聚集:
我们在山坡上做的游戏。

这一天有一朵玫瑰开放,

石竹花也散发出芳香,
山谷里出生了一只小羊,
我们围圈跳舞在山坡上。

智利的土地

我们在智利的土地上舞蹈,
她比利亚和拉结①还漂亮。
这块土地上哺育的人
口内和心中都没有悲伤……

比果园更翠绿的土地,
比庄稼更金黄的土地,
比葡萄更火红的土地,
踩上去多么甜蜜!

她的灰尘装点了我们的面颊,
她的河流汇成了我们的欢笑,
她吻着孩子们的舞蹈
像母亲在轻轻地呼叫。

因为她美丽,

---

① 利亚和拉结都是《圣经》中的人物。二人先后都是雅各的妻子。

我们愿她的草地纯洁晶莹；
因为她自由，
我们愿她的脸上洋溢着歌声……

明天我们将开发她的荒山，
把荒山变成果园：
明天我们将建起村落，
可今日只想狂欢！

一切都是"龙达"*

星星是男孩子们的龙达,
他们在捉迷藏……
麦苗是女孩子们的身姿,
她们在玩"飘荡……飘荡"。

河流是男孩子们的龙达,
他们在玩"奔向海洋"……
波浪是女孩子们的龙达,
她们在玩"拥抱大地的胸膛"。

---

*"龙达"是孩子们的游戏,围成圆圈,载歌载舞。

火花的"龙达"

致加夫列尔·托米克

长着上百个叶片的永恒的花朵,

充满勇气的倒挂金钟,

在未播种的土地上开放,

我们以火花命名。

火红的花儿开放

在圣胡安①的晚上。

像小鹿一样奔跑,

吐着舌头,却不气喘,

突然开放的火花

与黑夜为伴。

火红的花儿开放

在圣胡安的晚上。

---

① 指圣胡安节,是天主教的节日,在 6 月 24 日,这是一年中白昼最长的一天。晚上,人们点篝火、放烟花,以示庆贺。

未播种的土地上的花朵,
没有枝干,不用浇灌,
你的爱在大地,
你的芽在蓝天。

火红的花儿开放
在圣胡安的晚上。

樵夫撒下的花朵,
驱散野兽和恐慌;
斩杀妖怪的花朵,
展开翅膀飞翔!

火红的花儿开放
在圣胡安的晚上。

我把你点燃,你将我陪伴;
我将你维护,将你看守。

火花啊，凋谢的花，
我们的情深意稠！

火红的花儿开放
在圣胡安的晚上。

别长大

愿我的宝宝
总是这样小。
停吃娘乳汁,
不要再长高。
他不是橡树
也不是木棉。
白杨和牧草
随它去长高,
让我的宝宝
像灵芝一样小。

聪明和笑脸,
多么有风度。
倘若再要长,
是画蛇添足。

再长高,大家

见了指手画脚。
愚蠢的妇女
成群的青年,
都会到家里
使得他志得意满;
对这些外来妖魔
看都不要看!

他过了五个春秋,
就此且停留。
永远似这样,
跳舞又歌唱。
身高一瓦拉①
节日盛得下,
所有圣诞夜,
所有复活节。

疯狂的女人们,
请你们别叫嚷:

---

① 一瓦拉等于 0.8359 米。

石头和太阳

只生并不长

永远存世上;

圈里的牛羊

只因为生长

命里已注定

终究要死亡!

上帝啊,叫他停下来!

叫他别再长!

救救我的儿子:

别叫他死亡!

心 事

我不愿自己的女儿
变得像燕子一样:
钻进天空飞翔,
不再落到我的席子上;
她不在屋檐下筑巢,
我不能为她梳妆。
我不愿自己的女儿
变得像燕子一样。

我不愿自己的女儿
变得像公主一样。
穿着黄金的小鞋,
怎能在草原上跳荡!
而且到了夜晚,
不睡在我身旁……
我不愿自己的女儿
变得像公主一样。

更不愿自己的女儿
有一天成了女王。
我到了金銮殿，
她坐在王位上。
到了夜幕降临，
我不能将她摇晃……
我不愿自己的女儿
变得像女王一样！

儿子回来了

沙丘的沙,
芦苇的花,
瀑布飞溅的水珠,
一齐落到
熟睡儿子的面颊。

落下的一切
都是梦,
落在他的背上,
落在他的口中,
偷走了他的身躯,
偷走了他的心灵。

它们多么狡猾,
渐渐将他遮笼,
夜间失去了儿子,
我这被偷窃的妈妈,

一下子失去了光明。
神圣的太阳
终于又将他照亮:
把儿子还给了我,
像新鲜的水果一样,
完好无损地
放在我的裙裾上!

断指的小姑娘

我的手指捞到一颗蛤蜊,
蛤蜊掉进沙子里,
沙子被大海吞没,
捕鲸人将蛤蜊打捞起,
他来到直布罗陀海峡,
渔民们正在唱小曲:
"陆地上的稀罕物,
我们从大海里捞到,
一个小姑娘的指头,
谁丢了到这里来找!"

派条船去给我把它装,
派船就要派船长,
派船长就要拨钱饷,
要一座城市最相当:
要数马赛最理想,
但它还不算最漂亮,

只因有个小姑娘,

手指掉进了海洋,

捕鲸人高声把歌唱

等候在直布罗陀海峡上……

彩 虹

彩虹架起的桥梁,
直通天堂,向你张望,
七色的彩车
全都装载着灵魂
沿山巅而上……

彩虹在沉没,
又冒出来渡你回归,
像索桥一样
向你伸出手和脊背,
你挥舞双臂
活像欢跳的鱼……

啊,别看眼前的东西,
你会突然想起
并抓住那彩虹——
像折不断的柳枝

踏着鹅黄、姹紫、嫩绿
扬长而去……

玛利亚和夏娃的婴儿,
你吮吸我们的乳汁;
在我们的门前
玩着马齿苋;
你向别人讨面包
却用我的语言。

请你背过脸,
让彩虹自己消散。
你如果上去,我会疯癫,
一直随你到天边!

山

宝贝啊,将来你会把羊群
赶到山坡上。
可现在我却要把你
驮上脊梁。

只见黑暗、阴沉的山峰
像发怒的女人一样,
一向孤苦伶仃地生活,
对我们却关爱慈祥。
它在向我们招手,
叫我们登攀而上……

宝贝,咱们一起登攀,
橡树、槲树满山。
风吹草乱摆,
山岭舞翩跹,
妈妈挥动手臂,

荆棘分两边……

俯瞰平原,茫茫一片,
河流、房屋皆不见。
可妈妈会爬山,
迷失了大地,回来也平安。

云雾飘飘,像破碎的布片,
将世界涂抹得模糊不堪。
我们不停地登攀,直到你
心惊胆战,不愿再向前。
不过从高耸的公牛峰
谁也回不到平原!

太阳像山鸡,
一跳便跃过山,
转瞬间便让朦胧的大地
变得金光闪闪,
就像剥了皮的水果
露出圆圆的脸!

家

孩子,餐桌已摆好,
像乳酪一样洁白,
四周蓝色的墙壁,
陶器放光彩。
这是油,那是盐,
几乎会说话的面包在中间。
金色比面包的金色更漂亮,
不在水果和金雀花上,
麦穗和烤炉的芳香
让人总想要品尝。
孩子,让我们一起
将它分开,用坚硬的手指
和柔软的手掌,
你望着它,会感到惊讶:
黑土地竟开出了白色的花!

你将吃饭的手放下,

妈妈也放下。
宝宝啊,要知道:
麦粒是空气、阳光和耕耘
凝成的精华,
可是这"上帝的脸庞"
并不光临每一户人家;
如果别的孩子没有,
你也别动它,
手会感到耻辱,
最好别去拿。

孩子,生着鬼脸的"饥饿"
使禾堆旋转,
驼背的"饥饿"和面包
互相寻觅,却不能相见。
如果"饥饿"现在进来,
为了它能找到,
我们将面包留到明天;
点燃的火光是门的标志,

克丘阿人①从来不关,
让我们看着它吃掉面包,
睡得自在、香甜!

---

① 克丘阿人是秘鲁境内的印第安人。

播 种

犁过的土地多么松软,
阳光下宛如热情的摇篮。
农夫啊,你的劳作上帝喜欢:
快快播种下田!

黑色的收割者啊,
饥饿永远进不了你的门槛。
为了面包和爱情,
快快播种下田!

顽强的播种者,你驾驭着生活。
哪里有希望在鼓舞,你就放声高歌;
被正午和阳光磨得金光闪闪,
快快播种下田!

太阳为你祝福,上帝和颜悦色,

微风中梳理着你的前额。
播种小麦的汉子啊:
让金色的种子有丰饶的收获!

白 云

雪白、温顺、毛茸茸的羊群
从海面升起,
腾空之前,
使女人们脸上出现了疑虑。

听人说你们怀着天真的恐惧
向苍天和时间咨询,
要么是等待着前进的命令,
可有放牧你们的人?

——是的,我们有牧羊人:
他就是遨游的风,
有时向我们怒吼,
有时又脉脉温情。

他指挥我们向西向东,
他下命令,我们服从……

不过他善于引导,

在蓝色浩瀚的草原中。

——雪白的羊群啊,

你们可有主人?

倘若有一天他把畜群委托给我,

可愿意让我来放牧你们?

这美丽的羊群

当然有主人。

在天边最遥远的星星后面,

人说牧羊人在那里安身。

牧羊人亚伯①

停在牧场吧,不要因损失而逃遁,

牧羊人,疯狂的牧羊人,

羊都死了,你已经没有羊群!

---

① 亚伯是亚当和夏娃之次子。他牧羊,哥哥该隐种地,因耶和华只看中他及其供物,便引起哥哥的嫉妒并将他杀死。

对星星的承诺

星星睁眼睛,
夜幕像鹅绒;
你们在高空
看我可纯净?

星星眼睛像灯笼
闪烁在宁静夜空。
你们在天庭
看我可温情?

星星的眼睛
不停地眨动。
你们为什么
又蓝、又紫、又红?

星星的瞳孔
新奇又透明,

朝霞为什么能用玫瑰色
涂掉你们的身影？

是泪珠还是露珠，
弄湿星星的眼睛，
你们在天空抖动，
可是因为寒冷？

我盯着星星的眼睛，
向他们保证：
只要你们看我，
我会永远纯净。

爱 抚

妈妈，妈妈，你吻我，
但我要更多地吻你，
我的吻多得像蜂群
让你看不见东西……

蜜蜂钻进百合里，
花儿不觉得它鼓动双翼。
当你把儿子隐藏起
同样也听不见他的呼吸……

我不停地注视着你，
一点也没有倦意，
你眼里出现一个小孩
他长得多么美丽……

你看到的一切
宛如一座池塘；

但只有你的儿子
映在秋波上。

你给我的眼睛,
我要尽情地使用,
永远注视你,无论在
山谷、海洋、天空……

甜 蜜

亲爱的妈妈,
温柔的妈妈,
让我对你说
最甜蜜的话。

身体属于你,
和你在一起:
将它包裹好,
放在怀抱里。

我像露水珠
你就像叶片:
狂喜的双臂
随我打秋千。

你是我的世界,

亲爱的妈妈，
让我对你说
最甜蜜的话。

小工人

母亲,当我长大成人,
啊,你将有个男子汉!
我会用双臂将你举起
像北风掠过草滩。

要么让你躺在谷垛,
要么将你扛到海岸,
要么帮你登上陡坡,
要么将你放在门槛。

你的孩子,你的巨人,
将给你盖舒适的住房,
它宽宽的屋檐
会给你可爱的阴凉。

为你浇灌一个果园
各种各样的水果

成千上万，将你的口袋
装得满而又满。

或许最好用香草
为你编织一些壁毯；
要么建一座磨坊
说着话为你磨面。

你数数房子的门窗
数数有多少扇；
有多少美好的事物
看你能不能数完……

春夫人

春夫人,
装束多么美妙:
柠檬花的锦衣,
柑橘花的外套。

她的凉鞋
是宽阔的树叶;
她的耳环
是鲜红的樱桃。

沿着道路条条
你们把她寻找;
她欣喜若狂
高唱优美的曲调!

春夫人
生机勃勃,

将世间烦恼

尽情地嘲笑……

对她谈庸俗人生,

她不相信,

在茉莉丛中

她如何能够碰到?

泉水似金色的明镜,

荡漾着热情的歌声;

在这样的环境

怎会有庸俗的事情?

贫瘠的土地上

布满褐色的裂缝;

她却使玫瑰花丛

燃起了温柔的嫣红。

在坟墓

凄凉的岩石上面,

她描绘翠绿

并给它镶上花边……

春夫人

她有光荣的双手,

用各种各样的玫瑰

把我们的生活点缀:

有的象征温柔,

有的象征欢畅,

有的象征狂喜,

有的象征原谅。

大树的赞歌

致堂何塞·巴斯孔塞罗斯①

大树啊,我的兄弟,
褐色的深根扎进地里,
昂起你那明亮的前额,
渴望能够直冲天际:

让我对焦土充满爱心,
靠它的养分我才能生存,
让我的心灵永远牢记
蓝色国土是我的母亲。

大树啊,你对路上的行人,
表现得多么和蔼可亲,
用你宽广、清凉的树荫
还有你那生命的光轮:

在生活的原野中,

---

① 当年墨西哥的教育部部长,他曾邀请诗人赴墨协助进行教育改革。

请你揭示我的形象,
对人温柔而又热情,
像幸运的女孩一样。

大树产量十倍地增长:
鲜红果实,建筑栋梁,
树荫可以保护行人,
花儿四处散发芬芳;

树胶质地多么柔软,
汁液功能奇妙异常,
手臂参差婀娜多姿,
歌声悦耳韵律悠扬:

让我也能激情荡漾,
也能具有丰收产量,
让我的胸怀和思想
如同世界一样宽广!

无论任何活动

都不会使我疲倦:
精力洋洋洒洒
永远消耗不完!

大树啊,你的脉搏
多么平静安详,
可你看世界的狂热
正耗费我的力量:

让我像男子汉
一样平心静气,
他给希腊的石雕
添上了神的气息。

你的温柔慈祥
正是女性的心肠,
枝头轻轻摇晃
生命小小的巢房:

给世人广阔的荫凉

像他们需要的那样，
他们在人类浩瀚的林海
找不到枝头遮蔽风霜。

无论在什么地方
你总是热情激荡，
佑护者的精神
总是那么高涨：

让我也像你一样，无论
童年、老年、快乐、悲伤，
让坚贞普遍的爱
总在灵魂中闪光。

小红帽*

小红帽姑娘,要把外婆看,
她住在邻村,染病受熬煎。
小红帽姑娘,金色的发辫,
心灵多美好,像蜜一样甜。

当她上路时,天刚蒙蒙亮,
穿过小树林,脚步多坚强。
碰上大灰狼,双眼放凶光:
"小红帽姑娘,你要去何方?"

纯真的小姑娘,洁白的百合花:
"外婆生了病,糕点送给她。
还有砂锅肉,汁液喷喷香,
可认识邻村?她住村口上。"

穿越小树林,心儿多欢畅,

---

* 这是根据法国作家佩罗(1628—1703)的同名童话改编的。

采着果儿红，掐着花儿香。
爱那蝴蝶儿，却忘了大灰狼……

白牙大恶狼，穿越小树林，
绕过了磨坊，又过小山冈。
外婆门寂静，敲得梆梆响，
门儿开开了——它装成了小姑娘。

那个野畜生，三天没吃啥。
外婆身残废，有谁保护她！
它笑着全吃掉，不慌又不忙，
外婆的衣裙，它自己穿身上。

姑娘细嫩的手，来敲半掩的门。
凌乱的床铺上，狼问"什么人？"
声音很嘶哑，可外婆病在身——
姑娘天真地想——"娘叫我来看您。"

姑娘进来了，浑身野果香。
手中的花枝儿，来回摆得忙。

"把点心放一旁,先给我暖暖床。"
姑娘小红帽,相信了弥天的谎。

小小的帽檐下,大耳朵露一双,
姑娘天真地问:"为啥这样长?"
骗人的大恶狼,抱住小姑娘:
"耳朵这样长,听话多便当。"

柔软的小身体,馋得狼直瞪眼。
姑娘很害怕,狼也把心担。
"外婆你告诉我,为啥有那么大的眼?"
"为了把你看,我的小心肝……"

然后老狼笑,漆黑的嘴一张,
白色的大牙齿,闪着可怕的光。
"外婆告诉我,牙为啥这样长?"
"我的小心肝,吃你好吃得香……"

那野兽缩成团,在粗糙的毛下面,

小姑娘浑身抖,像羊毛一样软。
她的骨和肉,全被狼嚼烂,
心儿似樱桃,也被狼榨干……

塔拉集

神圣的记忆
致埃尔莎·法诺

如果你们抛给我一颗星星,
她赤裸着在我的手上,
我不会为了保护
这新生的快乐而合上手掌。
"我来自一个
什么也不会丢失的地方。"

如果你们为我找到
神奇的洞穴,像水果一样
有着紫红和金黄的内脏,
使人们瞠目结舌,
无论对蛇还是对白昼的阳光,
我不会将洞门关上,
"因为我来自一个
什么也不会丢失的地方。"

如果你们把杯子递给我,

制造它们的是丹桂与檀香，
它们能使迷途的风停下，
能使大地的根变得芬芳，
我会把它们托付给任何一个海滩，
"因为我来自一个
什么也不会丢失的地方。"

我怀里曾有个生机勃勃的星星，
我曾完全燃烧，宛似扩展的夕阳，
我也曾有个洞穴，白昼不会完结，
太阳在那里闪光。可我不懂
握紧它们就是对它们的爱，
不知道怎样将它们珍藏。
只是毫无顾忌地在它们的甜蜜中畅饮，
一味地在它们的美丽中畅游梦乡。

我失去了它们，没有挣扎着叫嚷，
"因为我来自一个
永恒的灵魂不会失落的地方。"

财 富

我有两种幸福,
一个忠贞,一个渺茫,
一个像玫瑰花,
一个像玫瑰刺一样。
人们可以将我偷窃
却无法将它们掠抢。
我有两种幸福,
一个忠贞,一个渺茫。
我满腔碧血
又忧郁悲伤。
玫瑰花多么可爱,
玫瑰刺情深意长!
两个并蒂的果实
结在同一枝头上。
我有两种幸福,
一个忠贞,一个渺茫……

天 堂

在金黄的平面,
黄金铺开画板,
两个身躯宛似金橄榄;

一个光荣的躯体在听
另一个光荣的躯体在讲
在那不会说话的草地上;

一个奔向别人气息的气息
和一张由于他而颤抖的脸庞
在一个不会颤抖的草地上。

想起悲伤的年代
两个人有各自的"时间"
并由于它而苦不堪言,

在金钉的时刻

那"时间"留在了门槛

宛似游荡的犬……

玫 瑰

玫瑰心中的宝藏
和你心中的一样。
像玫瑰花一样开放吧,
郁闷会使你无限忧伤。

让它化为一阵歌声
或者化为炽热的爱情。
不要将玫瑰花隐蔽,
它的火焰会烧坏你的心胸!

晨 趣

致阿马多·阿隆索

美丽的鸟儿,
满身花斑,
五彩缤纷,
令人目眩,
驾着气流,
直升云天。

今日清晨,
黎明时间,
飞过河岸,
似箭离弦。
天气晴朗,
空气新鲜,
良辰美景,
微风翩翩。

谁未目睹,

自是枉然；
只为贪睡，
留恋苟安，
我起床时，
启明星闪，
半是黑夜，
半是白天。

微风飒飒，
晨曦蔓延，
那只彩鸟，
自在坦然，
擦过我脸，
滑过我肩。

她像百合，
或像箭鱼，
向着天空，
直冲上去，
辽阔苍天，

将它吞咽，
转瞬之间，
渺渺如斑。
我在山口，
不禁心寒。
彩鸟可爱，
踪迹杳然！

空中的花 *

致贡苏埃罗·萨勒娃

我注定要和她相逢,
她站立在草原中,
经过、见到或和她说话
之人,对她都要称臣。

她对我说:"请你上山,
我自己从不离开草原,
给我去剪白色的花朵,
洁白似雪、茁壮、新鲜。"

我登上峥嵘的山顶,
寻找白花的踪影,
它们在岩石中,
似睡非睡,似醒非醒。

我捧着花儿下山,

---

* 我曾想以《奇遇》命名此诗,指我与诗神的奇遇。(原注)

在草原上与她相见,
将大束大束的百合,
狂喜地献到她面前。

她看也不看,
对我说:"请你上山,
这回只要红色的花朵,
我自己不能穿越草原。"

我和小鹿一起登攀,
去寻找那迷人的花瓣,
她闪烁着火红的神韵,
似乎是生命的源泉。

下山后将花儿奉献,
幸福得浑身抖颤;
她却像水一样平淡,任凭
受伤小鹿的鲜血流在里面。

然而她注视我,像梦游一般,

对我说:"去吧,请你上山,
去采摘黄色的花朵,
我永远不能离开草原。"

我一直爬上山峰,
去寻找茂密的花丛,
她们像金色的太阳,
刚刚出生却永不凋零。

我见到她,一如往常,
依然站立在草原中央,
我又在她身上撒满花朵,
使她变得像花坛一样。

见到黄花,她越发疯癫,
对我说:"女奴,请再上山,
你去采摘无色的花朵,
藏红、橘黄都不喜欢。"

"出于对莱奥诺拉和利赫娅的怀念,

我对那样的花朵充满爱情,

那是睡神和梦的颜色。

我是草原上最崇高的女性。"

我又一次去征服高山,

现在它像美狄亚①一样黑暗,

如同一个若隐若现的山洞,

全然看不见一丝光线。

她们不开在花枝上,

也不开在岩石间,

我在柔和的空气中采摘,

用剪刀轻轻地将空气剪断。

我剪着空中的花朵,

简直像一个盲人,

到处剪着空气,

在我的森林……

---

① 美狄亚是希腊神话中的人物,是科尔喀斯王埃厄忒斯的女儿,精通巫术。

当我走下山冈，
来寻找我的女王，
她正在那里行走，
已经是不卑不亢。

梦游的人儿走着，
渐渐离开草原，
我紧紧跟在她后面，
在牧阜和白杨中间……

用轻盈的脊背和手
带着那么多鲜花，
我永远不停地剪着，
空气就像是庄稼……

她在前面行走，
没回头也没留下足迹，
我依然追随着她，
在朦胧的雾里……

带着这无色的花朵,

不白也不黄,

献出我的一切,

直到生命消亡……

热带的太阳

致堂爱德华多·桑托斯

印加人的太阳，玛雅人的太阳①，

阿美利加成熟的太阳，

玛雅人和基切人②将你敬仰，

年迈的阿伊马拉人③被你晒得像琥珀一样。

像一只红色山鸡——当你刚刚起床，

像一只白色山鸡——当你行到我们头上。

你善于绘画和文身，

为人和兽化妆。

山峰和峡谷的太阳，

深涧和平原的太阳，

引导我们的拉法埃尔④，

像催促我们的金火一样。

---

① 印加人和玛雅人都是美洲的印第安民族。前者于公元 7 世纪建立了印加帝国；他们崇拜太阳，自视为太阳神的儿女。后者是居住在中美洲和墨西哥东南各州的印第安人，创造了光辉灿烂的玛雅文化。
② 基切人是玛雅人的一支，生活在危地马拉境内。
③ 阿伊马拉人是南美的印第安人，主要生活在玻利维亚和秘鲁境内。
④ 拉法埃尔是《圣经》中的大天使。

你是弟兄之间默契的暗语,
无论在陆地或海洋。
如果我们迷失了方向,
他们会在晒热的酸橙中间寻找,
那里有面包树在生长,
香胶树在苦度时光。

库斯科的太阳,高原上闪着白光,
墨西哥的太阳,金色的歌声嘹亮,
你是歌声,在玛雅人头上回荡,
你是未被食用的玉米,放着火红的光芒,
人们随着你的行程呻吟,
为了获得火红的玉米安抚饥肠;
你沿着蔚蓝的苍穹奔跑,
不管是什么人的地方,
像一只白色或红色的鹿,
从未被赶上,总是带着伤……

安第斯山的太阳,我们自己的太阳,
将美洲人注视凝望。

火红民族的火红的放牧者,

在充满奇迹的火红的土地上。

你不会熔化,也不会将我们熔化,

你不吞噬别人,也不被人吞下。

你哺育了奇异的人民,

你是白热的克查尔鸟①,

你是在洁白道路上的惊愕的羊驼,

将其他迷途的羊驼引导……

你是天的根源,

是为印第安人治愈箭伤的医生,

将他们救活,你是神圣的妙手,

使他们死去,你是神圣的爱情。

你是长着杏核眼的种族的祭祀之神——羽蛇②,

在湛湛青天上推磨,

渺渺白云间穿梭;

你使印第安人的织布机

像发狂的蜂鸟一样,

---

① 克查尔鸟是美洲的一种攀禽,生于热带,羽毛柔软,呈红绿色,有光泽。
② 羽蛇相传是万神之神的长子,贝托尔蒂克人奉之为大神,阿兹特克人则称其为祭祀之神。

你给塔坎巴罗①的妇女
穿上五彩缤纷的盛装。
你是羽毛丰满的大鹏
孵化着两个无拘无束的东方!

你来了,心地善良,至高无上,
正如诸神没有到来一样。
洁白的斑鸠成群结伙,
"吗哪"②没使我们弯下脊梁。
不知什么缘故
我们的生活改变了模样。
在我们对太阳的理解中,
征服者也供认了自己的信仰,
在阳光烤晒的圣礼中,
我们将他们的躯体安葬。

我将族人交给你的火焰,
他们像一堆火炭。

---

① 塔坎巴罗是墨西哥地名。
② "吗哪"是上天赐给饥饿人类的食物,见《圣经·旧约全书》。

在充满蝾螈的晒场上,
他们的圣体在酣睡和梦想。
或者与晚霞相背而行,
像金雀花一样闪着红光。
西方被染成了橘色,
半是杂乱,半是金黄……

四十年里,
如果你没用同名的金字塔①,
没用仙影拳和柠果,
没用黎明时的火烈鸟
和鳞光闪闪的鳄鱼
为我穿衣,
现在请你观赏并辨认
我赤裸的身体。

像龙舌兰、丝兰,
像秘鲁的陶罐,
像乌鲁阿班的瓷坛,

---

① 指墨西哥特奥迪瓦坎的金字塔。

像秘鲁的千年古笛，
我回到并拜倒在你面前，
向你袒开胸怀，沐浴你的光线！
像照耀它们那样
将我的每个毛孔照遍！
让我惊喜地生活在它们中间，
陶醉在你的惊喜里面。

我曾在异国土地上跨涉，
品尝过它们充满香气的水果；
在坚硬的餐桌上和混浊的酒杯里
喝过味道淡薄的蜂蜜；
我做过微弱的祈祷，
唱过奇异的颂歌，
在巨龙身破、星象死亡的地方
我曾入梦乡。

先人给我的躯体，
我托付与你。
用红色将我浇灌，

让我像你的血液一样沸腾。

将我变白或变黑

随你侵蚀和洗净。

浇掉我顽固的恐惧,

驱除骗人的奸计,去掉我的污泥;

提炼我的言语,冶炼我的眼睛,

锻炼我的口、歌声和气息,

净化我的听觉,洗涤我的视力,

使我的手和知觉纯洁精细!

酿造我的乳汁、血液、

骨髓、眼泪。

擦干我的伤口、汗水,

无论在肋部或脊背。

让我再次加入为你伴舞的合唱:

在帕陵克和蒂纳瓦科①上起舞的

神奇的乐队。

---

① 帕陵克是玛雅文化在尤卡坦半岛的重要遗址;蒂纳瓦科是南美印第安人的文化遗址,盛行于印加帝国之前,主要在玻利维亚和秘鲁境内。

我们克丘阿人和玛雅人
对你将一如既往,信守誓言。
跟随你度过岁月,
向你面前登攀;
从你那里下来,我们会变成金条,
变成剪下来的金羊毛,
按照印加巫师的预言,
我们会直接进入你的怀抱。

从你那里下来,
我们像葡萄回到场院,
像金色的鱼群
浮上汹涌的海面,
像巨大的王蛇
奔向哨音的呼唤!

加勒比海

致 E.R. 利贝拉·切夫雷蒙特

波多黎各岛,

棕榈树岛,

几乎没有形体

宛似圣母,

几乎没有居所

浮在水面;

在上千的棕榈树中

它最突出,

在两千座山丘当中

它被召唤。

黎明中的岛

将我占据

没有忧伤的躯体,

灵魂的战栗;

天上的星座

将它哺育,

在火的午睡中被话语刺伤,

而在曙光中却变成了少女。

甘蔗和咖啡的岛

激情四溢;

甜蜜的话语

宛似童年;

幸福的歌唱

像"赞美上帝"!

在水面上

是没有歌声的美人鱼,

在波涛中

受着大海的殴打:

波浪的考狄利娅①,

痛苦的考狄利娅!

你会得救

像白色的狍子

---

① 考狄利娅(Cordelia)是莎士比亚剧作《李尔王》中的女主人公。

和帕恰卡玛克①

新生的羊驼，

又像窝中的金蛋，

像伊菲革涅亚②

在火焰中生活。

我们种族的天使：

惩罚者米盖尔

行者拉法埃尔

引导饱和时间的卡夫列尔

会救你脱险。

在行进与目光

在我身上结束之前；

在我的肌体变成童话之前

在我的膝盖阵阵飞翔之前……

于菲律宾解放日

---

① 印加帝国克丘阿人的上帝。
② 伊菲革涅亚是希腊神话中阿伽门农和克吕泰涅斯特拉的女儿，最后成为女神阿耳忒弥斯的祭司。

拉哈[1]的跳跃

拉哈的跳跃,古老的激情,

充满生机的双唇的坠落,

两岸的杵臼,

印第安人箭弩的沸腾。

你吐着玫瑰,敲碎

你的宝贝,你使自己爆炸,

无论是为了死还是为了活,

印第安人的水啊,你奔腾而下。

眼花缭乱的奇观,

永无休止的坠落:

大地古老的情怀,

阿劳乌哥[2]惊人的气魄。

---

[1] 拉哈是必呦—必呦河的支流。
[2] 阿劳乌哥人是智利南方的印第安人,以勇敢善战闻名于世,曾和西班牙征服者进行不屈不挠的斗争。

自杀的水啊,你将整个的身躯
和整个的灵魂作为赌注戏耍,
时间和你,
享乐和挣扎,
印第安人的女殉难者和我的生命,
都一同落下。

你的泡沫淹没了野兽;
你的雾气迷住了野兔的眼睛,
而白色的烟火
给我的四肢增添了伤痛。

伐木者、面包师或者行人
都在倾听你滚动的声音,
无论他们活着还是死去,
无论是在挖矿还是奉献灵魂,
也许他们是在湖泊或者牧场
将河狸和毛丝鼠找寻。

广阔的被征服的爱情落下

半是痛苦半是销魂，
以母亲的无所畏惧的气势
她会找到自己的儿孙……

我理解又不理解你，
拉哈的跳跃，咆哮的声音，
囊鞘里古老的抽泣，
赞美诗永不消沉。

我沿着拉哈河走去
和疯狂的毒蛇同行，
我沿着智利的身躯走去，
献出我的意志和生命。
我赌上血液，赌上感情
我献出自己，只输不赢……

奥索尔诺火山 *

致堂·R.L. 埃雷拉

奥索尔诺火山,
自释重负的大卫,
绿色平原上的牧工头,
你的群体中魁梧的牧工头。

跨出的跳跃
并被擒住;
使印第安人失明的火光,
智利雪白的麋鹿。

南方的火山,上天的赐予,
我不曾有你而你将属于我,
你不曾有我而我已属于你,
在我出生的山谷里。

如今你落入我的眼帘,

＊ 智利南部的火山,高 2661 米,有城市与它同名。

如今你沐浴我的情感,
年迈的企鹅,洁白的海豹,
我要将你变成歌谣……

你闪光的身躯
落入我们的双眼,
在央吉乌埃①的水中
你的子孙畅饮着接受圣餐。

火是好的,奥索尔诺,
我们要带着它就像你
把印第安人土地的火带走,
我们出生时,就已接受。

保护古老的地域,
拯救神圣的人群,
为航海的奇洛埃人导航,
为砍柴的印第安人照明。

---

① 央吉乌埃,智利的湖泊,湖畔有同名城市。

奥索尔诺火山，年迈的牛犊，
用你的光辉为牧民指明路径，
使你的女人们昂首挺胸，
为你的孩子们赢得光荣！

洁白的牛鞅，洁白的牧牛人，
让大麦屈身，向小麦挑衅！
用呻吟将饥饿劈成两半，
让你的形象体现出丰润。

化作肌体，化作生命，
将顽强的意志抛撒，
将我们的失败焚烧
加快那未曾到来者的步伐！

奥索尔诺火山，岩石的颂歌，
我们闻所未闻的礼赞，
将古老的不幸焚烧，
像基督那样将死神杀掉！

乌埃木尔①的四时

一

安第斯山的鹿,

空气娇惯的风,

你在何处用温柔的嘴唇

遮盖草的面容?

在纳塔尔②地区,

分开扬花的燕麦和苜蓿,

角上挂着光斑,

臀上浸着露滴。

午睡时,甘杜尔人③

不喜欢你睡觉的模样,

耳朵在山杨叶儿上,

眼睑相互撞撞。

---

① 乌埃木尔是智利的一种鹿。
② 纳塔尔是智利帕塔戈尼亚的一个地区。
③ 甘杜尔人是南美土著居民。

狡猾者，堕落者
以及猎奇的交易
使风、喊叫和火光
在你身后嗡嗡作响。

轻风像你的孩子
呵气在你面前飞奔，
膝盖后面扬起烟尘
像逃跑的印第安人……

驯养者情愿
去赶成队的骡帮
和无数的绵羊，也不愿
日夜守候在你的身旁……

二

你从平地滑向
陡峭的山谷，
逃离后又回来

宛似耶稣基督。

有时是在穿越
模糊不清的界线,
池塘和幸福的松林
一齐呻吟、埋怨;

在你回到人所共知
昼夜相等的日期之前
一直在吞食孤独
和安第斯山的荒原。

空气询问空气,
荒凉的原野询问巨大的石头,
成群的野兔
向三面狡黠的风请求……

在我们的光线里,
脖颈和嘴唇已经不见,

而潘帕草原①在畅饮
你有节奏的格言。

三

母鹿和幼崽的视线
在哪里的烟云中试探？
我们为何不身贴身地
蹚过一道道河川？

不再有淤泥和野兽，
也没有恐惧的心灵，
在碧绿的暮春
对孕育你的雌性发情。

知道获得了自由
你高兴得左摇右晃
在悬崖的腭骨之间
在灰雀的光泽上。

---

① 潘帕草原，阿根廷、乌拉圭境内的大草原，其西部边际达到智利境内。

当时辰来到，你冲下
蓝宝石的安第斯山，
宛似绷断了的线
沿着融化的冰山。

四蹄和双角在飞舞，
咯咯不停地作响；
然后便无声无息
在燕麦和苇草上。

那时大草原打开
自己震颤的肢体，
添上一双瞪大的眼睛，
发出一声低沉的哭泣。

四

当我全面恢复
并陷入魔幻之中
依然能见到你，
有时出现有时失踪。

我怀着夜色离去,
渡海到达麦田,
麦苗在颓唐与创伤中
向我诉说你的抖颤。

我从远处看见,看见
你到达的潘帕草原,
比理解更辽阔,
比十面金牌更威严。

我追寻你胸脯的跳动,
在白色的芦苇丛,
嗅着花穗的粉尘,
只追随你的血性。

我在荆棘中寻觅,
躲避涨水的小河,
在倒伏的青冈柳林
用手轻轻地触摸。

尽管你知道并来临，
作为回答的喊声，你用
长满茸毛和颤抖的前肢
向我表达感情……

在两个发白的时刻
你喷吐惊恐的呼吸。
我用你的蹄子作耍
将你的脖子和耳朵刺激……

在你带着你的梦
和我的梦入睡之前，
为了熔解你的忘记
我将祖国和名字还给你。

潘帕会张开昏暗
和惊慌的嘴唇，
爱恋使她夜不能寐，
痛苦和咆哮是她说话的声音。

她像神一样仰卧,
将不同的胎儿抱在怀中,
午夜时让自己的感情
变得强烈而坚硬。

她将躯体沉重地
抖动并深深地呼吸。
女人和动物啊,我们忧伤地
吮吸她呼出的气息……

必呦—必呦*

我要冲破一切拦阻
观赏那缓缓的河流
它在用两个音节
将心事倾诉。
说着"必呦—必呦"
伴随着两次颤抖。
我要俯身畅饮,直至它
在我的骨髓中奔流……

我曾缺少欢呼,
可现在已经拥有:
永恒的摇篮曲,
低声的吞吞吐吐。
宽阔的水域,
笼罩着我们的网,
你们洗礼像约翰一样

---

* 智利南部一条较大的河流,因其流水的声音而得名。

将我们戴在胸膛上……

将碎石冲刷,将受伤的山羊
和生病的狮子清洗。
上帝这样"吩咐"而它在回答,
以纯洁的战栗,
纤细的呼吸,
连胸脯都无须挺起。
我们三个这样注视着你,
时间已经失去,
钟情的儿女
畅饮你无休无止的流溢。
我们三个这样聆听你,
躺在蜷曲的牧草
和细软的沙地,孩子的脚
和鹿脚聚在一起。

我们不会离去,不会离去!
抓住你的大天使——
拉法埃尔的静寂,

他过去、留下、延续、赞许,
甜蜜而又深沉,深沉而又甜蜜,
因为是一个口渴者在畅饮……
让印第安人畅饮你的呃吸,
慢慢地告诉他
你这样延续、留下和离开的秘密,
你用自己的嘘声
向他承诺赔礼、果园和爱情。

我的小鹿泗渡过去,
挥动划行的手臂,
孩子的眼睛在寻找
驱散恐惧的桥,
我将渡过
不用双脚,不用撑篙,
因为对我来说,是的:
灵魂比躯体更重要。

操着幼小亚伯的声调,
"必呦—必呦",宽阔的臂膀;

沿着坚硬王国的土地

缓慢、轻柔、灰色地流淌。

按照基督的意志

你或许在地上又在天堂,

我们会重新遇见你

好再饮你的琼浆……

憧憬的国度

憧憬的国度
多么神奇，
比天使和信号
更加轻盈飘逸，
颜色似海藻枯藤，
颜色似游隼猎鹰，
虽无幸福的年龄，
但却是永恒。

没有石榴结子，
没有茉莉花香，
没有一重重的天空，
也没有蓝色的海洋。
它的名字，名字，
从无人讲，
而这个无名的国度
是我长眠的地方。

既没有桥也没有船

将我带到这里，

没有人告诉我

是岛屿还是陆地。

我不曾将它发现

也不曾将它寻觅。

好像是一个神话

我理解它的含意，

宛如梦境一样，

可经历也可抛弃。

它是我的故土

是我的生死之地。

除了国家

我还有别的东西；

一个个的故乡，

拥有而又失去；

眼见世上的万物

一个个销声匿迹；
属于我的东西
又与我分离。

失去了山峦，
我曾在那里休息；
失去了金色的果园，
生活得多么甜蜜；
失去了生产甘蔗
和蓝靛的岛屿，
眼见它们的影子
缠绕我的身躯，
它们共同缔造了
爱恋的土地。

雾的发绺
没有脖颈和臂膀
我曾见昏睡的气息
持续在我身上，
在流浪的岁月里

它们化作故乡,
而这无名的国度
是我长眠的地方。

外国女郎

致 F. 德·缪曼德雷

"说话时带着她茫茫大海的乡音,
带着莫名其妙的沙砾和海藻;
向没有重量和形体的神祈祷,
衰老得犹如在死去。
将仙人掌和船锚似的野草
种植在神奇的果园里。
用白热的激情恋爱,
将沙漠的生命呼吸。
从不开口而一旦向我们讲述
就活像外星来的地图。
她将在此生活八十年,
却总像刚刚来到我们中间。
说话时像在呻吟和气喘
只有动物能听懂她的语言。
她即将在我们中间死去
在一个更遭罪的夜晚,
只有枕上的命运相伴
在死去的沉默洋女身边。"

饮

致佩德罗·德·阿尔瓦博士

"我记得儿时的形象
就是给我水喝时的模样。"

在布兰科河的山谷,
阿空加瓜①从那里发源。
我跳跃着去饮水
来到瀑布边。
它撒下结实的长发,
白色的水花惊恐飞溅。
我把嘴唇伸到沸腾的泉边,
被神圣的水烫烂。
饮了一口阿空加瓜的水,
嘴里的血淌了三天。

在米特拉②的田野,

---

① 阿空加瓜是安第斯山脉的最高峰,也是智利河流的名字。
② 米特拉是墨西哥瓦哈卡州的地名。

蝉鸣、日晒、跋涉的一天，
我俯身探进水井，
一位印第安人扶我贴到水面，
我的头宛似苹果，
在他手心里边。
我尽情地畅饮，
他的脸紧贴着我的脸。
我突然闪电般发现，
米特拉人和我是同一血缘。

在波多黎各岛上
蔚蓝的午睡中间，
我的身体凝滞，
疯狂的浪花翻卷，
椰树像千百个母亲，
小姑娘风度翩翩，
将一个椰子打开
送到我的嘴边，
我吮吸椰子水
像婴儿吮吸

母亲的乳汁一般。
我的身体和心灵
从未饮过这样的甘甜。

母亲给我端水,
在童年时的家园。
在一口一口的吮吸中
我见她浮现在罐里的水面。
头越抬越高,
罐越来越远。
布兰科河山谷,我的口渴
和她的眼神,依然在心间。
这将永不磨灭,
如今仍似当年。

"我记得儿时的形象
就是给我水喝时的模样。"

我们都该是女王

我们都该是女王,
四个国王在海上:
罗莎里娅和艾菲革涅亚,
卢西拉与索莱达①。

在艾尔基山谷②,汇合
上百或者更多的山峰,
宛似祭品或者贡物
烧成了杏黄和桃红。

我们的确曾经拥有,
说起来令人神往,
我们都该是女王
而且直到大海上。

---

① 艾菲革涅亚即希腊神话中的伊菲革涅亚,诗人按当地人的习惯写成艾菲革涅亚;卢西拉是诗人自己的名字;索莱达的含义是孤独。
② 艾尔基山谷是诗人的家乡。

梳着七岁的发辫，
穿着洁白的衣裙，
在无花果的树荫下
将逃跑的椋鸟追寻。

我们说这四个王国
无疑像《可兰经》一样，
由于辽阔和完美，
一直延伸到海上。

到应该结婚的时候，
四个丈夫娶妻成双，
他们都是君主和歌手，
就像以色列的大卫王。

我们的王国辽阔宽广，
应有尽有，万千气象：
长满藻类蔚蓝的大海，
五彩缤纷美丽的凤凰①。

---

① 原文中的 Faisán 是山鸡，但山鸡在美洲的传说中是一种神圣的鸟，故在此转译为凤凰。

他们会有各种果实,

有的树结面包,有的树淌乳浆,

我们不会将愈疮木砍伐,

也不会将贵金属咬伤。

我们都该是女王,

实实在在地行使职权;

但谁也不会在阿劳乌哥,

也不会在科蟠①……

罗莎里娅亲吻海员,

后者却与大海结缘,

在瓜伊特卡斯群岛②,

风暴将他吞咽。

索莱达抚养了七个兄弟,

血液流进他们的面包,

---

① 阿劳乌哥是智利南方的印第安部族,曾不屈不挠地抵抗西班牙人的征服;科蟠是玛雅人的古老帝国,在今天的危地马拉一带。
② 智利的一个群岛。

由于连大海都没见过，
她的双眸始终是黑色。

在蒙特格兰德①的葡萄园里，
她用纯洁白皙的胸膛，
摇摆其他女王的孩子
对自己的却从不这样。

艾菲革涅亚出外远航，
有个人跟着她一声不响，
没有人知道他的姓名
因为他就像大海一样。

卢西拉面对山川和蔗田，
滔滔不绝，没结没完，
在疯狂的月亮上面
她真的戴上了王冠。

---

① Montegrande 意为大山，诗人的朋友伊利巴伦的庄园就在那里，颇似一个植物园，并有许多珍奇动物，正是这美丽的地方激发了诗人创作这首诗的灵感。

她在云中有十个儿子，
在盐碱地上发号施令，
看到丈夫们掉进河里，
自己的披巾在风暴中。

但是在艾尔基山谷，那里
汇集了上百或更多的山峰，
来过的其他女王都在歌唱，
正在来的也将唱个不停：

"我们在大地上将是女王，
而且会真正把权执掌，
因为我们的领地宽广，
我们都将到达海洋。"

咏 物

致马科斯·黛何欧

我爱的东西，有的
从来未有，有的已成过去：

我抚摸寂静的水面，
停在畏寒的牧草地，
微风没有吹拂
那属于我的果园。

像从前一样注视水面，
一个奇怪的念头涌上心间，
像和鱼儿或"神秘"嬉戏，
缓缓地玩弄那水滩。

怀念从前欢快的脚步，
将它们留在了门槛，
我看到一种创伤，
长满了青苔，默默无言。

寻觅一行丢失的诗句
七岁时人们告诉我的。
是一个做面包的女人，
我看见她神圣的双唇。

金合欢的芬芳阵阵飞扬，
嗅到它，我会欣喜异常，
这香味没有那么精细，
倒像是扁桃放出的馨香。

它使我的感官变得幼稚，
为它找个名字，却未找到，
闻着空气和那些地方，
寻觅未能遇见的扁桃。

有一条河总在身旁流淌，
四十年来一直听着它的声响。
那是我的血液在浅吟低唱，
或是人们赋予我的顿挫抑扬。

或者是童年的艾尔基河,
我在那里上溯、跋涉。
我和它胸膛贴着胸膛,
像两个拥抱的婴儿一样。

当我走在山间小道,
会梦见安第斯山峰,
听见它们呼啸的声音
像宣誓一样响个不停。

在太平洋的岸边,
我看到蓝色的群岛,
岛屿给我留下了酸味
它来自死去的翠鸟……

一个柔软、沉重的脊背,
将我正在做的梦打断。
原来是到达后休息,
既然是旅途的终点。

模糊、灰色的脊背,
死的躯干或我的父亲。
我没有询问也没打扰,
躺在旁边,睡意沉沉。

我爱身旁的岩石,
无论在瓦哈卡或危地马拉,
它的裂纹使人奋发,
红润坚实,如同我的面颊。

使我入睡时,它赤身裸体;
我不知为何将它翻来覆去。
或许我从未有过岩石,
看到的是我的墓地……

节 日

节日,我们相遇的日子,
叫"主显节"①。
多么强劲的日子,到来时
带着骨髓和火光的颜色,
没有如痴如狂
在混乱和挣扎的脉搏上,
多么平静安详,像牛奶一样
可奶牛戴着铃铛。

我们的节日,没有双脚的躯体,
会从什么样的道路来到这里,
我们没有察觉,没有守夜,
它什么事情也没说起,
我们没有向山丘发出哨音
它却来了,未留足迹。

---

① 主显节是"耶稣三次显示其神性"的日子。天主教重视第一次显示:耶稣降生时,明星引领东方三博士前来朝拜,显示出他是基督,教会规定每年1月6日为主显节。

所有的节日大同小异,
可有一个异军突起。
和别的节日没什么区别,
既像甘蔗又像橄榄,
如同约瑟,不像
任何一个兄弟。

我们在其他日子里向它微笑。
日子上都有它的形象,
宛似牧场上的牛
和拉着庄稼的车辆。

让所有的季节都祝愿它,
让北方和南方都将它祝愿,
而它的父亲,年份,将它挑选
并将它做成生命的桅杆。

不是河流,不是国度,
也不是金属:它叫作"节日"。

在吊车、渔具
和打谷机的日子中间，
在牵牛备马和劳作时
谁也不会叫它和将它观看。

为了它的缔造者的奖赏，
为了土地和空气的情意，
为了它流动的小溪，
让我们将它诉说并为它起舞，
在它像灰烬和人们磨碎的石灰
那样落在地面和它神奇的香料
撒向"永恒"之前。

让我们将它缝进自己的肌体，
缝进膝盖，缝进胸膛，
让我们的双手将它抚摩，
让我们的双眼将它识别，
它在黑夜将我们照亮，
它在白昼使我们激昂，
就像船帆上的绳索
与缝合伤口的针脚一样。

告 别

在遥远的海岸，
在帕西翁海面，
我们多少次告别
却没说"再见"。
因为那不是事实
是梦幻。
你也不曾相信，
我也不以为然，
就像歌中所说：
"真假难分辨。"

走向南方，
我会说：
"咱们走向大海，
它能吞下太阳。"

走向北方，

你会说：
"咱们一起去欣赏
太阳出生的地方。"

无论戏言还是夸张，
你都不要讲
大地、海洋，
会使我们天各一方：
海洋是幻觉，
大地是梦乡。

你不要想，
也别向店主要求
只能容一人
居住的客房。
你将有个影子，
你将一如往常
用两个人的脚步
踏上沙岗……

无论是谁，
无论是人还是上帝
都不能使你我
像日月那样分离；
无论飘荡的风
还是岩石，
也无论遮阴的树木
还是可停泊的河流，
都不许它们再说
一个和两个、
南方和北方，
让他们不要胡说，
让他们不要撒谎！

死去姑娘们的歌
忆我的侄女格拉塞拉

那些在四月里
消失的可怜的姑娘,
冒出来又沉下去
像海豚在戏耍波浪:

去哪里又停在何处,
是笑得直不起身
还是躲在那里等候
意中人的声音?

是像上帝不愿重新
染色的图画那样失踪
还是像一座花园
渐渐淹没在泉水中?

有时她们愿去水里
勾勒自己的身影,

在丰姿绰约的玫瑰上
几乎能露出笑容。

她们从容地在牧场
束紧自己的腰身
而且几乎让白云
将身躯借给她们；

她们几乎集中了所有的伪装；
几乎到达了幸福的太阳；
几乎拒绝了所走的道路
当记起自己出生在这个地方；

她们几乎摧毁自己的背叛
重新返回自己的围栏。
傍晚时我们几乎看见她们
神圣地到来，足有一百万！

樵 夫

疲惫的樵夫
躺在草地上,
睡梦里沐浴着
斧头砍下的松树的芳香。
双脚旁堆着
被践踏的野草。
双手使他入梦,
金色的脊背为他歌唱。
我看到他岩石的门槛、
旗子和田庄。
他所爱的事物
走在他的身旁;
其他不曾有的事物
使他更纯洁,
无名的困倦者
睡得像一棵树一样。

正午宛似标枪
将人刺伤。
我用一条嫩枝
轻拂他的脸庞。
他的日子
像一首歌
飘到我身上，
我的日子献给他
宛似被砍下的松树一样。
我夜晚归来，
穿过茫茫平原，
听到妇女们
呼喊迟迟不归的男子汉；
他的名字落在我的脊背
和我的四支投枪，
我曾用血和气息
将它珍藏。

诗 人

致安东尼奥·阿伊塔

"在世界的光明中

我模糊不清。

那曾是幸运之鱼

纯洁的舞蹈,我曾和

所有活泼的水银玩耍。

当我丢下光明

留下紫色的鱼类

面对狂热的光明

我会发疯。"

"黑夜被称作网

我在这网中受伤,

在熊星座的结

和闪闪明星的中央。

我曾热爱长矛

和闪光的斗牛场,

甚至那张网

使我明了
它是为了深渊
将猎物捕捞。"

"在我自身的肌体
我也遭受煎熬。
在自己的胸膛里
我痛哭流涕。
我像劈开敌人一样
劈开我自己
只是为了收集
全部的叹息。"

"在一个个接触到的
边界上,我曾经负伤。
我把它们当作了
白色的海鸟。
四个基点
是癫狂的四方……
我没带来

捕获的硕大的翠鸟
收集到的只是
深紫色的迷惘。"

"我至今生活在
灵魂高高的锋刃上:
在那里,
她将刀与光
映照在痴迷的爱情
和野蛮的冲动,
映照在毁灭性的厌恶
和巨大的希望。
在灵魂的巅峰上
我曾经受伤。"

"而现在,耶稣基督的
身影和标志
从我忘却的海洋
来到身旁
最后一个到来

如同在神话中一样,
没有在麻绳
与索扣的网里
使我受伤。"

"我将自己
全部献给圣主
他携带着我
像一条河
或一阵风一样,
而且在征途中
紧紧地拥抱着我,
在征途中
我们相互只说:
'父亲!'和'儿郎!'。"

葡萄压榨机

好心的女人

我要将绝壁登攀,
看望灯塔上的男子汉,
在他的口中尝尝波涛,
在他的眼里看看深渊。
只要他活着,我一定要赶到
这看管大海之人的身边。

人说他只注视东方,
生活在峭壁中间,
我要将他的波涛截断,
让他注视着我,而不看那深渊。

他对黑夜了如指掌,
现在黑夜是我的路和床:
他熟悉章鱼、海绵和翻卷的波浪,
他熟悉使人失去知觉的声响。

潮水将他诚实的胸膛冲刷，
使他经受苦难，
他像海鸥一样呼喊，
面色苍白，像个伤员，
但却纹丝不动，沉默不语，
好像已不复存在，甚至未生到人间！

我仍要爬上灯塔的顶端，
就是刀山，也要登攀，
为了那个人——他能告诉我一切：
关于天上、人间。
我要给他送去
奶罐和酒坛……

他依然在倾听大海，
大海只知将自己珍爱。
或许他什么也不倾听，
沉浸在盐水里，将一切忘怀。

干枯的木棉

木棉死了,
死在瓜亚多斯①平原。
她怎么会死呢,
死了,如何保持女王的尊严?

身死,她更加可贵,
凋零,她更加崇高,
真诚实在,依然如故,
将污秽全抛。

飘过的清风并不知晓,
注视她的大地并不明白,
她刚刚死去并不是为了
将身躯舒适地展开。

小小的蛀虫姗姗来迟,

---

① 瓜亚多斯是厄瓜多尔的一个省。

还没爬上她的身躯，
黄蚁和黑蚁在将她等候，
像两条涓涓小溪。

并没有雷击斧砍，
也不是严重干旱，
只因为与同伴的地界相扰，
她才凋零枯干。

平原和苍天不肯帮助我，
将她在纯洁的红土上安放，
让她的脊背沐浴着露水，
让星宿守护在她的长发上。

在斧头砍下之前，让她
紧挨着我神圣的母亲，
为她轻轻地诵一首圣诗，
然后才将她献给火神。

将她献给红色和蓝色的火,
献给叫作篝火的爱情,
爱情会让她升至圣父身旁,
将她安放在"第二故乡"。

乌拉圭麦穗

迎着一月的阳光,
麦穗在灌浆,
闭着的眼睛,合拢的手指,
雾气笼罩在睫毛上。

灌浆迅猛异常,
似乎能听到它的声响,
我不禁向它伸出了手,
要么就俯下自己的脸庞。

十个星期过后,
麦粒硬得像铜块一样,
阳光下虽看不见,
水分却在哈气中飘扬。

当麦粒迅猛地灌浆,
不必害怕,尽管是姑娘,

但是对麦穗爆裂的声响
我却感到恐慌。

死神能把它破坏
此刻,用干瘪的牙床
脱粒的麦穗已将死神
摆脱,自由地飞翔。

泉

从果园的深处
涌出一道活泼的清泉,
长长的头发使它看不清方向,
不吐泡沫,已经受伤,
不声不响,往低处流淌,
涓涓细流,从不增长。

它悄悄溜过,从我
像贝壳一样的手窝。
又从低处冒出来,
让人们跪下来喝,
我只给它带来
可怜的牲畜、
孩子们和我
最强烈的干渴。

白天看不见它,

夜晚听不见它，
但自从我们遇见了它，
梦里都听见它说话，
因为从它那里传来了
似乎神奇的隐痛，
又好像第二种血液——
胸膛感觉不到它的流动。

它弄湿了
牛犊的眼睛。
在薰衣草的花丛中
蜿蜒绕行，
说话和我一样
使牧草颤抖不停。

下山时
不像野兔那样跳动；
上坡时啃咬石棱，
将冰冷的石灰岩磨平。
古老孤独的大地为它的逃跑放行：

可是它到达归宿的旅途

超过了托比亚斯①的路程……

（有一天夜里

橄榄园流出的小溪，

树木对它视而不见，

黑夜对它置之不理，

人们听不见它的血液

向低处流淌的声息。

然而这淡黄的水

我们能够看见，

它曾偷偷地将我们爱恋，

跋涉了两千天；

此时在漆黑的夜晚，

怎能将它丢在一边？

又怎能像没听见

它的声音一样入眠？）

---

① 托比亚斯是《圣经》中的人物，他恪守律法，多行善事，后来成了盲人，在苦难中笃信上帝之心不减，上帝终于派遣天使救了他。

丧 服

只一个夜晚，那身穿丧服的树
已在我的胸膛萌芽、生长，
挤压我的骨骼，冲开我的肌体，
它的后脑已经长到我的头上。

将它的枝条和叶片
长在我的双肩和脊背上，
三日内我已被它覆盖
宛似血液在全身流淌。
如今，人们能在何处将我触摸？
我哪里还有不穿丧服的臂膀？

如同一缕缕浓烟，
我已不再是炭火更不是烈焰。
我已是这浓烟构成的蒲团、
这螺旋、这藤蔓。

来者依然能说出我的名字
依然能认出我的脸,
可窒息的我却只能看见自己
成了一棵被吞噬的树在冒着浓烟,
成了封闭的夜、燃尽的炭、
繁茂的刺柏、骗人的古柏,
从手中逃离,在眼里显现。

在一个纯净的夜晚
我的丧服变成了身体的迷宫,
这人称丧服的烟与夜的呼气
将我遮笼并使我失明。

我最后的树不长在地面,
不用播种,不用扦插,
不用移栽也没有风险。
我就是自己的柏树,
自己的荫翳,自己的蒲团,
自己不用缝制的裹尸衣,

自己会行走的梦幻，

烟雾的树和睁着的双眼。

只在一夜长的时间，

我的白昼已逝去，太阳已落山

我的肌体化作云烟

一个孩子用手将它砍断。

颜色已逃离我的衣裙，

白色、蓝色都已无影无踪

清晨时我已发现

自己变成了一棵松树，冒着火星。

这被钉在十字架上的骗人的黑色三角

已不再分泌汁液，不再生根、发芽，

在它的下面，只见一棵烟雾之松在行走，

人们在我的烟雾后面听我诉说，

他们将对爱我感到厌倦，

同样会厌倦饮食与生活。

因为不分季节，它只剩下
一种颜色，一种烟的轮廓，
永远不能再成为一束松果，
不能再用来造福、烧饭、引火。

圣胡安之夜

宛如圆柏树的果实
夜晚正在开放,
三十堆篝火在跳跃
恰似野兔和小山羊。

这里曾有过一间空房
将无用的干柴与平滑的麻布堆放,
一瓶无人饮用的葡萄酒
和一位没有归宿的姑娘。
可胡安远远地看见了我,
和你一起渡过了约旦河!

无人碰过的桌布和餐桌,
因无人碰过而变得神圣。
饭菜宛似水果,
葡萄酒多么纯净。
从未见过这样的食物,

没有食客却已被享用!

无人用过的寂静
使人能听见自己的心动,
孤儿似的空间
使我们透彻晶莹。
没有任何嘴巴的呼叫,
我们勇往直前并依然在憧憬。

我的愈疮木与山楂树之夜
从不曾变得温和,
如同我这样地看着你:
我自由,你也未被俘获。

我默不作声的白桦树,
不再对我窃窃私语,
我不说也不想,
只愿这样看着你。

亲爱的,就是如此,

当我们尚未诞生，
我们的天狼星
与仙后座之夜冒着火星。
记忆在火花中坠落；
神圣的未来已经起程。

一句话

我有一句话卡在喉咙
不能说又不能解脱,
尽管它血的冲动在挤压着我。
一旦说出来,会将绿草点燃,
使羔羊淌血,使鸟儿坠落。

我必须使它脱离我的舌头,
找一个河狸的洞穴
或用大量的石灰把它埋葬,
因为我不能将飞翔像灵魂一样收藏。

我不愿表明自己还活在世上
当它随我的血液来往
随我疯狂的呼吸升降。
尽管我父亲约伯[①]曾说出
我可怜的口却不愿再讲,

[①] 约伯是《圣经·旧约》中的人物,乌斯人,极为富有,并极具忍耐精神。

以免它燃烧着滚动,去河边的妇女
会发现它,它会缠绕在她们的发辫上
并将可怜的灌木丛扭曲并烧光。

我愿给它撒下狂暴的种子,
在一夜之间将它覆盖并使它窒息,
让它不留下丝毫语音痕迹。
要么就将它打烂,
如同用牙齿将毒蛇咬断。

然后回家,进门,睡觉,
已经和它决裂、两清,
两千天后醒来,
从梦幻和遗忘中获得新生。

只记得有一句话,
如碘、如明矾在我的唇中,
却不记得那一个夜晚
在异乡的一家客栈,
也不记得那间牢房和门外的光线,
它离开我的肉体,却仍与我的灵魂为伴!

你爱的歌

我歌唱你爱过的一切，啊，我的生命，
或许你会过来并驻足聆听，
你会记起自己生活过的世界，
当日暮黄昏我歌唱时，啊，我的身影。

我不愿沉默不语，啊，我的生命。
你如何能找到我，倘若听不到我虔诚的呼声？
生命啊，什么记号，能把我标明？

我仍是你爱过的人，啊，我的生命。
不迟缓，不忘却，也不会失踪。
傍晚时来啊，我的生命！
来的时候要回忆那首歌，
只要你还能记得它，
只要你还记得我的姓名。

我会无限期地永远等着你。

别担心黑夜茫茫、雾漫漫、雨骤疯狂。

快来啊,不管有路无路。

灵魂啊,请呼唤我,在你置身的地方,

伴侣啊,不要迟疑,径直来到我的身旁。

工人的手

粗硬的手啊,
长满了皱纹鳞片,
像粪土一样黝黑,
像烧焦了的蝾螈,
可它是多么美丽啊
举起时轻松
放下时疲倦。

将泥土揉碎,
将石块翻转,
系好大麻的纤维,
理清紊乱的棉团。
世人对它看不上眼,
只有神奇的大地将它赞叹。

既像铁锤,又像钢锹,
它的灵魂却极不平凡;

有时在疯狂的轮子上面，
像蜥蜴被切成碎片，
然后，亚当之树，
枝条被砍断。

我听到它使织布机运转，
看到它在炉内经受锻炼，
铁砧使它半开，
麦浪使它握拳。

我看到它在矿井口外，
在蓝色的采石场边。
它为我划船荡桨
与恶浪周旋；
为我掘墓恰到好处，
尽管未量我的身长肩宽……

每年夏天，它织布纺线，
它织的亚麻布，清新似水面。
然后将棉花和羊毛

进行梳理、轧弹；
在儿童和英雄的服装上
显示自己的才干。

它们都安睡在
材料和标记堆旁边。
天神将它们抚摩，
星宿把它们照看。
它们怎能入睡！
继续将甘蔗粉碎或将土地深翻。
耶稣将它们捧在自己的手里
直到霞光满天！

织布机的主人

织布工人的老板,
圆形的织布机:
你来到了车间
像"发疯的上帝"。

你挥动手臂,
挺起身躯,
而织布工人
就别想休息!

踏板、梭子
贪婪地运转。
脉搏在燃烧
像炉中的陶罐。

棉絮和毛线
舔着你的脸,

绕线轮催动着
线团儿飞转……

织布机的主人，
勤劳的手臂：
我们像车床的轮子
从不知疲倦、乏力；

直至最后一息，
我们奉陪到底！
直至脑门崩裂，
机器碎成铁皮！

黎 明

我敞开胸膛,让宇宙进来,
像炽热的瀑布一样。
新的一天降临,
我便消亡。
我像饱满的岩洞
将新的一天歌唱。

为了失而复得的乐趣,
我朴实无华,既不接受也不给予,
直到黑夜从哥尔戈纳①
战败、逃离、遁去。

---

① 哥尔戈纳是哥伦比亚在太平洋中的一个岛屿。西班牙征服者比萨罗曾在这里被困七个月,等候援军。

附录

授奖辞

一天,一位母亲的眼泪使一种被社会轻视的语言,由于诗歌的力量而重获尊严并赢得了荣誉。据说,米斯特拉尔,两位同名并同样具有地中海气质的诗人中的第一位,当时还是年轻的大学生,用法文写出了第一批诗句,使母亲泪如泉涌。实际上,她不过是朗格多克①一位无知的农村妇女,并不理解这精致的语言。从那时起,她的儿子决定用母语——普罗旺斯语写作。他写了《弥洛依》,讲的是美丽村姑对贫穷工匠的爱情,这部史诗洋溢着花香的芬芳,结局却是残酷的死亡。由此,行吟歌者的古老语言又成了诗的语言。1904年的诺贝尔文学奖引起世界对此的关注。十年后,创作《弥洛依》的诗人谢世。

同年,第一次世界大战爆发,又一位米斯特拉尔,从世界的另一端,在智利圣地亚哥"花奖赛诗会"上出现,并以几首献给亡者的情诗赢得了桂冠。

加布列拉·米斯特拉尔的经历,南美人是那么熟悉,从一个国家传到另一个国家,几乎成了神话。而此时此刻,当她越过安第斯山的群峰和烟波浩渺的大西洋,终于来到我们面前,使我们有幸在这个大

---

① 法国南部的乡村。

厅，对她的经历再做个简要的回顾。

几十年前，她出生在艾尔基山谷的一个小村落，一位年轻的农村教师，名叫卢西拉·戈多伊·阿尔卡亚加。戈多伊是父姓，阿尔卡亚加是母姓，双方都是巴斯克人后裔。父亲曾是教师，能脱口成章，即席赋诗。在他身上，这种天赋似乎是和诗人惯有的焦虑和不安融在一起的。他为女儿修建了一座小花园，却又在女儿幼小时抛弃了家庭。年轻的母亲，大概活了很大年纪，她说，常常惊奇地发现孤独的小女儿在果园中和花儿、鸟儿结结巴巴地亲切交谈。根据一个传说的版本，她曾被学校开除。看来，他们认为她没有天分，不愿在她身上浪费教育的时间。她以自己的方式自学，终于成了拉坎特拉小镇的乡村教师。年满二十岁时，她在那里实现了自己的夙愿。一位铁路职员在同一个镇上工作，两人产生了强烈的爱情。

对于这段经历，我们所知甚少。我们只知道小伙子背叛了她。1909年11月的一天，一颗子弹穿过了他的太阳穴。

姑娘陷入极度的绝望。她像约伯一样，向苍天呼号，抗议他竟让这样的事情发生。从那隐匿在智利荒凉、炽热的崇山峻岭中的小镇升起了一个呼声，周围很远的人们都能听到。于是，一个日常生活的悲剧不再具有私密性，而是进入了世界文坛。就这样，卢西拉·戈多伊·阿尔卡亚加变成了加布列拉·米斯特拉尔。这位外省的乡村小学教师，这位拉格洛夫[①]和玛尔巴卡年轻的同事，竟成了拉丁美洲的精

[①] 拉格洛夫（Selma Lagerlof, 1858—1940）是瑞典女小说家，是第一位获诺贝尔文学奖的瑞典作家。

神女王。

她写给亡者的诗篇一经发表,新诗人的名字便传开了,加布列拉·米斯特拉尔朦胧而又充满激情的诗歌开始在整个南美洲传播。然而,直到1922年,她才在纽约出版了自己伟大的诗集——《绝望集》。书中的《儿子的诗》中涌出的是母亲的泪水,是为亡者之子流的泪水,这个儿子永远也不会出生了。她说:

> 要一个儿子!就像春情萌动的花木
> 将蓓蕾向蓝天延伸。
> 一个儿子,有着像耶稣一样大大的双眼,
> 动人的前额,充满渴望的双唇!

> 他的双臂像花环,盘在我的脖子上,
> 我肥美的生命之泉向他流淌,
> 我的心田开出了芬芳的花朵,
> 使所有的青山都飘溢着清香。

> 当我们满怀着爱穿过人群,
> 在那里碰到一位怀孕的母亲,
> 用颤抖的嘴唇和乞求的眼睛将她注视,
> 想要个目光温柔的儿子却使我们成了盲人!

> 幸福和憧憬使我夜不能眠，
> 情欲并未降临我的床边。
> 为了在歌声中诞生的儿子
> 我将胸怀敞开，将双臂舒展……

加布列拉·米斯特拉尔将她的母爱倾注在自己教育的孩子们身上。她为他们写了朴实无华的歌谣和"龙达"，1924年在马德里汇编成册，题为《柔情集》。有一次，四千名墨西哥儿童为她演唱了这些"龙达"。加布列拉·米斯特拉尔成了"母爱诗人"。

1938年伊始，为了作为西班牙内战牺牲品的孩子们，她在布宜诺斯艾利斯出版了第三本厚厚的诗集《塔拉集》，书名可译为《摧毁》，但又指一种儿童游戏。

和《绝望集》凄婉的格调不同，《塔拉集》表现了南美大地普遍的安详，我们能嗅到它的芬芳。我们又看到她在儿时的果园里，又听到她和自然万物的亲密交谈。神圣的赞歌和纯真的童谣奇妙地融为一体，这些关于面包、玉米、葡萄酒、盐和水——这是以不同的方式奉献给惶恐的人类的水！——的诗篇，赞美了人类生命最重要的食粮！

> 母亲给我端水，
> 在童年时的家园。
> 在一口一口的吮吸中

我见她浮现在罐里的水面。

头越抬越高，

罐越来越远。

布兰科河山谷，我的口渴

和她的眼神，依然在心间。

这将永不磨灭，

如今仍似当年。

"我记得儿时的形象

就是给我水喝时的模样。"

女诗人为我们献上亲自用慈母之手酿制的饮料，既有泥土的味道，又能抚慰心灵的饥渴。它源自希腊的岛屿，为了萨福[①]；它源自艾尔基山谷，为了加布列拉·米斯特拉尔，这是大地上永不枯竭的诗歌之源。

加布列拉·米斯特拉尔女士：为了一篇如此简短的致辞，您做了一次过于漫长的旅行。在几分钟的时间里，像讲故事一样，我为塞尔玛·拉格洛夫的同胞们，讲述了您从一名小学教师到登上诗歌女王宝座的传奇经历。为了向丰富多彩的伊比利亚美洲文学致敬，今天我们要专门向它的女王致敬，她就是写出了《绝望集》的诗人，是仁慈和母爱的伟大的歌者。

[①] 古希腊女诗人，有人说她可与荷马相提并论。

现在，请您从国王陛下手中接受瑞典科学院授予您的诺贝尔文学奖。

（瑞典科学院院士）雅尔玛·古尔伯格

获奖演说

我在此荣幸地向各位亲王殿下、向外交使团尊贵的成员们、向瑞典科学院的院士们和诺贝尔基金会、向出席此次颁奖活动的政府和社会贤达，致以崇高的敬意。

今天，瑞典将目光转向遥远的伊比利亚美洲，将荣誉授予其众多的文化工作者中的一位。阿尔弗雷德·诺贝尔的世界精神会感到欣慰，因为已将对文化的保护行动辐射到南半球的美洲大陆，人们对它的了解极少而且极差。

作为智利民主的女儿，令我感动的是，瑞典民主传统的代表之一就在我面前，其根本在于使宝贵的社会创造不断焕发青春。对过去的传统令人敬佩的净化，完整地保留古老的品德，对现时的适应和对未来的预判，这就是瑞典，这是欧洲的光荣，是美洲大陆接触的典范。

作为新兴民族的女儿，我向瑞典精神的先驱者们致敬，我从他们那里不止一次得到了帮助。我记得它的科学家们，他们丰富了民族的躯体和灵魂。我记得它的教授和教师队伍，他们向外国人展示了堪称楷模的学校，我由衷地热爱瑞典人民的其他成员：农民、手工业者和工人。

出于侥幸，此时此刻，我成了本民族诗人们直接的代言人，成了卓越的西班牙语和葡萄牙语民族的诗人们间接的代言人。他们无不乐于应邀出席北欧生活中充满千百年来民歌和诗歌氛围的庆祝活动。

愿上帝保佑这一模范民族的遗产和创造，保佑它为保持不可估量的过去以及为满怀航海民族无往不胜的信心度过现在而建树的丰功伟业。

我的祖国，在此由博学的加哈尔多部长代表，尊敬并热爱瑞典，我应邀到此，就是为了对瑞典赋予她的特殊荣誉表示感谢。智利将把你们的慷慨珍藏在最纯洁的记忆中。

加布列拉·米斯特拉尔
1945 年

加布列拉·米斯特拉尔生平及创作年表

1889 年

4月7日，卢西拉·德·玛丽亚·德尔·佩尔佩杜奥·索科洛·戈多伊·阿尔卡亚加（加布列拉·米斯特拉尔）出生在智利艾尔基山谷的维库尼亚镇迈普大街759号。母亲是佩特罗尼拉·阿尔卡亚加。父亲是胡安·赫罗尼莫·戈多伊·维亚努埃瓦。

1892 年

其父胡安·赫罗尼莫·戈多伊开始离家出走，只是偶尔回家。卢西拉在小山村蒙特格兰德与维库尼亚度过童年。

1901 年

随家搬到拉塞雷纳。卢西拉这年开始写诗。

1904 年

开始在拉塞雷纳的报刊上发表文章与诗作。署名"某人""孤独""灵魂"等。虽考上师范学校，却被拒之门外。

1905 年

开始任乡村小学教师，在离维库尼亚不远的小村拉贡巴尼亚教书。

1906 年

到拉坎特拉小学任教。

1907 年

在《艾尔基之声》和《改革报》上撰文，为圣地亚哥的《明与暗》杂志撰文。

1908 年

由卡洛斯·索托·阿雅拉编辑的《科金波文学》收入卢西拉的作品，三首散文诗：《幻想》《海边》《私人信件》。从这年起她开始用笔名"米斯特拉尔""米斯特拉莉"。

1909 年

到拉塞雷纳学校任视察员。此间为取姐姐艾梅丽娜的信，常去科金波车站，从而认识铁路职员罗梅里奥·乌雷塔。

1910 年

通过圣地亚哥师范学校的考试，从此获得正式教师的资格。被派往离圣地亚哥不远的巴朗卡斯学校任教。

1911年

被任命为特拉伊根学校教员。

1912年

到智利北方港口城市安托法加斯塔女子学校任历史教员和总视察员。不久后被派往智利中部安第斯城学校任视察员和卡斯蒂利亚语教员，直到1918年离开这所学校。开始用"加布列拉·米斯特拉尔"这个笔名，直到逝世。

开始给卢文·达里奥写信。这位大师鼓舞她创造并发表作品，因此她能够在《优雅》杂志上崭露头角。

在安第斯城结识日后任智利总统的堂·佩德罗·阿吉雷·塞尔达。此人是她的终身保护神。

1914年

12月12日，以她的三首《死的十四行诗》在圣地亚哥花奖赛诗会上获得鲜花、金质奖章和桂冠。开始与智利诗人曼努埃尔·麦哲伦·牟雷互致爱情书简。这种交流保持到1921年，书信多达上百封。

1915年

她的父亲胡安·赫罗尼莫病死他乡。

1917年

曼努埃尔·古斯曼·马杜拉那编的五卷集《阅读课本》中收入她

的 55 首诗歌。

1918 年

她由教育部与司法部部长佩德罗·阿吉雷·塞尔达任命为智利最南端的城市蓬塔·阿雷纳斯市的学校校长兼卡斯蒂利亚语教师,在那里工作到 1920 年。

1920 年

被任命为特木科市女子学校校长,在那里认识了少年时代的巴勃罗·聂鲁达。

1921 年

被任命为首都圣地亚哥刚成立的特莱莎·德·萨拉泰亚第六女子学校校长。

1922 年

应墨西哥教育部部长何塞·瓦斯贡塞洛之邀,前往墨西哥参加教育改革,组建人民图书馆。在费德里科·德·奥尼斯教授力促下,她的诗集《绝望集》在纽约出版。墨西哥政府在墨西哥城创建加布列拉·米斯特拉尔学校。

1923 年

墨西哥出版由她选编的《妇女读本》,首发量为两万册。墨西哥政府在首都一公园为她建立一座雕像。《绝望集》第二版在圣地亚哥出版。在智利大学校长葛里高里·阿穆纳德基的倡议下，智利初等教育委员会授予她卡斯蒂利亚语教师称号。

1924 年

圆满完成在墨西哥教育改革任务，离开墨西哥。出访欧洲，在美国举行讲座。第二部诗集《柔情集》在西班牙马德里出版。

1925 年

游历巴西、乌拉圭、阿根廷等国后短期回到智利，办理退休等手续。侄儿胡安·米盖尔·戈多伊在西班牙巴塞罗那诞生。被智利派往"国联"秘书处工作，前往欧洲。

1926 年

访问中美洲、安的列斯群岛，到波多黎各和古巴举行讲座。居住在法国、意大利，领养侄儿胡安·米盖尔·戈多伊。

1927 年

代表智利教师协会参加在瑞士举行的国际教育工作者代表大会。

1928 年

被"国联"理事会任命为驻罗马教育电影研究所管理委员会执行委员。

1929 年

其母佩特罗尼拉·阿尔卡亚加去世。

1930 年

在美国的一些大学授课或举行讲座。

1931 年

曾短期回智利,到过许多美洲国家。危地马拉、萨尔瓦多、巴拿马为她举行纪念会。在巴拿马获得"金兰花"。

1932 年

被派往热那亚任领事。由于她的反法西斯立场,墨索里尼政权不接受这位女领事。任危地马拉领事。

1933—1935 年

任驻西班牙马德里领事。

1935 年

智利任命她为终身领事,驻地任由她选。

1935—1937 年

任驻葡萄牙领事。

1938 年

任驻法国尼斯领事。

在阿根廷女作家、出版家维多利亚·奥坎波的支持下,第三部诗集《塔拉集》在布宜诺斯艾利斯出版。她将版权收入赠给西班牙内战中的孤儿。

此间曾在巴黎与居里夫人等一道在"国联"工作。

1940 年

任驻巴西尼德罗领事。

1941 年

任驻巴西总领事,住在佩特罗波利斯。

1942 年

她的朋友、奥地利犹太作家茨威格及夫人自杀身亡,引起她很大震动。

1943 年

侄儿胡安·米盖尔·戈多伊死去,给她带来很大痛苦。

1945 年

获诺贝尔文学奖。从巴西到斯德哥尔摩领奖后,以贵宾身份访问法国、意大利，然后以智利驻联合国代表身份到美国旧金山，负责刚刚成立的妇女事务部门工作。积极参加联合国教科文组织的筹建。为联合国儿童基金会写了一份题为《为儿童呼吁书》的号召书，广为散发，影响很大。任驻美国洛杉矶领事，后任驻美国圣巴巴拉领事。获加利福尼亚奥克兰弥勒学院博士称号。

1948 年
任驻墨西哥韦拉克鲁斯领事。墨西哥政府有意赠给她一块土地，被她婉拒。

1950 年
任意大利那不勒斯领事，任地中海北部沿岸拉帕略城领事。

1951 年
获智利国家文学奖。

1953 年
在美国迈阿密短暂停留，不久后作为领事搬到纽约长岛。

1954 年
在智利圣地亚哥太平洋出版社出版诗集《葡萄压榨机》。回国访问，智利为她举行隆重的纪念活动。不久后返回美国。获美国哥伦比亚大学名誉博士称号。

1955 年

应联合国秘书长哈马舍尔德之邀,出席联合国人权大会。智利政府发给她一笔特殊津贴。

1956 年

年底生病住院。

1957 年

1 月 10 日,在美国纽约长岛的一家医院病逝,享年 67 岁。遗体运回智利。在首都举行国葬仪式后,第二年安葬在故乡艾尔基山谷的小村蒙特格兰德。

1958 年

她的第一部散文集《向智利的诉说》出版。阿尔丰索·埃斯库德罗作序,圣地亚哥太平洋出版社出版。

1967 年

智利波玛依雷出版社出版她的《智利的诗》。

主要作品集目录

诗集

《绝望集》,纳西缅多出版社,圣地亚哥,智利,1923。

《柔情集》,南方丛书,布宜诺斯艾利斯,阿根廷,1924。

《塔拉集》,洛萨达出版社,布宜诺斯艾利斯,阿根廷,1938。

《葡萄压榨机》,太平洋出版社,圣地亚哥,智利,1954。

《诗歌全集》,阿吉拉尔丛书,马德里,西班牙,1958。

《智利的诗》,波玛依雷出版社,圣地亚哥,智利,1967。

散文集(编著)

《妇女读本》,教育部出版署,墨西哥,1923。

《向智利的诉说》,阿尔丰索·埃斯库德罗作序,太平洋出版社,圣地亚哥,智利,1958。

《物质》,阿尔丰索·卡尔德龙编,大学出版社,圣地亚哥,智利,1978。

《唱给美洲的歌》,马里奥·塞斯佩德斯编,埃佩萨出版社,圣地亚哥,智利,1978。

《加布列拉漫游世界》,罗克·埃斯特万·斯卡尔帕编,安德列斯·贝略出版社,圣地亚哥,智利,1978。

《加布列拉在想……》,罗克·埃斯特万·斯卡尔帕编,安德列斯·贝略出版社,圣地亚哥,智利,1978。

《加布列拉·米斯特拉尔宗教散文》,路易斯·巴尔加斯·萨阿维德拉编,安德列斯·贝略出版社,圣地亚哥,智利,1978。

《墨西哥素描》,阿尔丰索·卡尔德龙编,纳西缅多出版社,圣地亚哥,智利,1978。

《老师和孩子》,罗克·埃斯特万·斯卡尔帕编,安德列斯·贝略出版社,圣地亚哥,智利,1979。

《职业的非凡》,罗克·埃斯特万·斯卡尔帕编,安德列斯·贝略出版社,圣地亚哥,智利,1979。

《献给大地万物的赞歌》,罗克·埃斯特万·斯卡尔帕编,安德列斯·贝略出版社,圣地亚哥,智利,1979。

《该诅咒的字眼》,文化出版社,圣地亚哥,智利,1953。

《智利简述》,智利大学年鉴纪念加布列拉·米斯特拉尔专号,圣地亚哥,智利,1957。

《散文集》,何塞·佩雷伊拉编,卡佩卢斯出版社,布宜诺斯艾利斯,阿根廷,1962。

书信集

《致欧亨尼奥·拉巴尔卡的书信》(1915—1916),劳尔·席尔瓦·卡斯特罗编,智利大学年鉴纪念加布列拉·米斯特拉尔专号,圣地亚哥,智利，1957。

《加布列拉·米斯特拉尔致胡安·拉蒙·希门内斯书信集》，拉托雷出版社，波多黎各大学，1961。

《加布列拉·米斯特拉尔爱情书简》，塞尔西奥·费尔南德斯·拉腊茵编，安德列斯·贝略出版社，圣地亚哥，智利，1978。

《加布列拉·米斯特拉尔与爱德华多·巴里奥斯书信集》，路易斯·巴尔加斯·萨阿维德拉编，天主教大学出版社，圣地亚哥，智利，1959。

《加布列拉·米斯特拉尔致拉多米罗·托米克的书信》，《时代报》，圣地亚哥，智利，1989年4月8日、9日。

《1911—1934年间与加布列拉·米斯特拉尔以及雅克·马利丹的通信及回忆》，爱德华多·弗雷编，普拉内塔出版社智利分社，圣地亚哥，智利，1989。

《真有您的……与阿尔丰索·雷耶斯的来往与书信》，路易斯·巴尔加斯·萨阿维德拉编，哈切特出版社与智利天主教大学联合出版，圣地亚哥，智利，1991。

（以上两个附件摘自段若川教授编写的《米斯特拉尔——高山的女儿》）

后　记

　　这一版《柔情》，既是旧的，又是新的。说它旧，因为书中所有篇目都是1986年版选定的；说它新，是因为书中的大部分诗文都经过了修订，有的连题目都作了改动，其中包括序言，改成了《洒向人间都是爱——加布列拉·米斯特拉尔的生平与创作》[①]。原版的诗歌，主要是我译的，有一小部分是陈孟、孙海清和戴永沪译的（陈孟当年是社科院外文所研究员，海清和永沪当年是我的硕士研究生）。散文部分大多是我已故贤妻段若川教授译的，我译的部分，有的署名耕夫。此次再版，由于时间太紧迫，诗歌部分便全部采用了我的译文。

　　三十二年了，弹指一挥间！我愿借此再版的机会，向"获诺贝尔文学奖作家丛书"的主编刘硕良先生致敬。没有他的远见卓识，就不会有这套规模如此宏大的丛书，读者或许也就无缘了解米斯特拉尔的"柔情"。当然，我还要感谢邀我合译这部诗选的陈孟先生。我于1979—1981年在墨西哥学院进修，时任西葡拉美文学院研究会副会长的陈孟，通过段若川，邀我和他一起为漓江出版社翻译米斯特拉尔

[①] 做这样的改变，出于一位不曾谋面的诗人朋友给我写的一封信。这位诗人叫冯连才，中国作家协会会员，他在信中说："……《绝望集》我喜欢！《柔情集》我喜欢！《塔拉集》我喜欢！《葡萄压榨机》我也喜欢！……我更喜欢您的序言《洒向人间都是爱》。我反复读了几遍，并用钢笔和红蓝铅笔在书上留下了许多画痕，而且还把它复印后装订成小册子阅读。这篇序言，我喜欢的理由是：真、善、美。……米斯特拉尔获得诺贝尔文学奖那年，我刚出生。我和她的诺贝尔奖同时来到人间，很幸运。……"

诗选。于是，我便在墨西哥买了两本米氏诗选，约定我从前半部分、他从后半部分各选译3500行。遗憾的是当我回国时，他因过于繁忙，只完成了一小部分，这便是赵、陈合译的第一版《柔情》，只是薄薄的一本。后来，他旅居西班牙多年，我们的合作便没有继续下去。但对他的这份信任和情意，我永远心存感激。

在对诗歌翻译的理解上，我完全同意墨西哥诗人帕斯的观点。他说："译者的活动与诗人的活动是相似的，但有一个根本区别：诗人开始写作时，不知道自己的诗会是什么样子；而译者在翻译时，已经知道他的诗应该是眼前那首诗的再现。"[①]因此，诗歌翻译是"二度创作"。诗人是用自己的语言表述自己的思想感情，而译者则是用自己的语言表述诗人的思想感情，即"戴着镣铐跳舞"之谓也。诗歌不同于小说：小说是讲故事，有人物、情节、发展脉络，而诗歌是靠意象抒发情感，通过隐喻表达愿望与诉求（我指的是抒情诗）。帕斯说："诗歌在页面上播种眼睛，在眼睛上播种语言。眼睛会说话，语言会观察，目光会思考。"[②]翻译诗歌，与翻译小说不同，因为翻译出来的文字还应该是"诗"。以诗译诗，这是我努力追求的。追求永无止境。

诗歌翻译，没有最好，只有更好。我们永远期待有更好的版本问世。

赵振江

匆匆于2018年5月1日

[①] 见帕斯作品《弓玉琴》卷中的《文学与直译》（赵振江等译，燕山出版社，北京，2014）。
[②] 同上。

诺贝尔文学奖作家文集 ⊙ 福克纳卷 · 路易斯卷 · 泰戈尔卷

寓言
[美] 威廉·福克纳 / 著
王国平 / 译
定价：50.00元

水泽女神之歌
——福克纳早期散文、诗歌与插图
[美] 威廉·福克纳 / 著
王冠 远洋 / 译
定价：30.00元

士兵的报酬
[美] 威廉·福克纳 / 著
一熙 / 译
定价：45.00元

押沙龙，押沙龙！
[美] 威廉·福克纳 / 著
李文俊 / 译

即将上市

大街
[美] 辛克莱·路易斯 / 著
顾奎 / 译
定价：55.00元

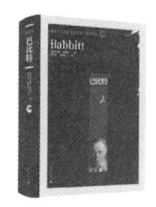

巴比特
[美] 辛克莱·路易斯 / 著
潘庆舲 姚祖培 / 译
定价：50.00元

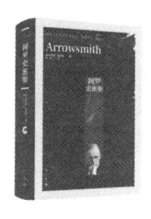

阿罗史密斯
[美] 辛克莱·路易斯 / 著
顾奎 / 译
定价：78.00元

漓江的书，买了再说！

纠缠
[印] 泰戈尔 / 著
倪培耕 / 译
定价：48.00元

沉船
[印] 泰戈尔 / 著
杉仁 / 译
定价：53.00元

泡影
——泰戈尔短篇小说选
[印] 泰戈尔 / 著
倪培耕 / 译
定价：58.00元

诺贝尔文学奖作家文集

○ 加缪卷・普吕多姆卷・纪德卷・黛莱达卷

鼠疫
[法] 阿尔贝·加缪 / 著
李玉民 / 译
定价：48.00元

局外人
[法] 阿尔贝·加缪 / 著
李玉民 / 译
定价：45.00元

第一人
[法] 阿尔贝·加缪 / 著
李玉民 / 译
定价：48.00元

卡利古拉
[法] 阿尔贝·加缪 / 著
李玉民 / 译
定价：50.00元

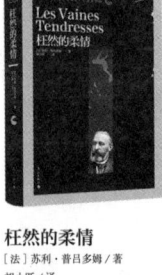

枉然的柔情
[法] 苏利·普吕多姆 / 著
胡小跃 / 译
定价：50.00元

背德者·窄门
[法] 纪德 / 著
李玉民 / 译
定价：46.00元

邪恶之路
[意] 格拉齐娅·黛莱达 / 著
黄文捷 / 译
定价：50.00元

风中芦苇
[意] 格拉齐娅·黛莱达 / 著
李广利 / 译

即将上市

漓江的书，买了再说！

双子座文丛（第二辑）

我的寂寞是一条蛇
高兴 / 主编
冯至 / 著·译　冯姚平 / 编选

故乡水
高兴 / 主编
李文俊 / 著·译
定价：38.00元

大珠小珠落玉盘
高兴 / 主编
郭宏安 / 著·译

漓江的书，买了再说！

舞蹈与舞者
高兴 / 主编
裘小龙 / 著·译
定价：42.00元

剪刀与女房东
高兴 / 主编
沈东子 / 著·译
定价：48.00元

外国名作家文集·柯林斯卷·塞利纳卷

漓江的书,买了再说!

白衣女人
[英]威尔基·柯林斯 / 著
潘华凌 / 译
定价:78.00元

法律与夫人
[英]威尔基·柯林斯 / 著
潘华凌 / 译
定价:59.00元

月亮宝石
[英]威尔基·柯林斯 / 著
潘华凌 / 译
定价:65.00元

一座城堡到另一座城堡
[法]塞利纳 / 著
金龙格 / 译
定价:68.00元

旅伴文库·锦囊旧书

西方爱情诗选
莫家祥 / 高子居 / 编
定价：49.80元

家族复仇
[法] 巴尔扎克 / 著
郑克鲁 / 译
定价：68.00元

在撒旦的阳光下
[法] 贝尔纳诺斯 / 著
李玉民 / 译
定价：52.00元

漓江的书，买了再说！

心
[日本] 夏目漱石 / 著
周炎辉 / 译
定价：45.00元

阿道尔夫
[法] 贡斯当 / 著
黄天源 / 译
定价：35.00元

人鼠之间
[美] 约翰·斯坦贝克 / 著
秦似 / 译
定价：35.00元